ボクの彼女は発達障害

ドタバタ同棲生活編

はじめに――自己紹介

こんにちは「ボクの彼女は発達障害」著者のくらげです
ボクの彼女は発達障害
あおです
「ボク」は聴覚に障害があり人工内耳を使っています
こういうの
そして「彼女」のあおは広汎性発達障害
ボクらはいわゆる障害者カップル
それも一・見・し・て・そ・う・と・は・わ・か・ら・な・い・系・の障害者カップルということになります

※本書は2015年7月発行の「ボクの彼女は発達障害2 一緒に暮らして毎日バタバタしてます！」（学研教育出版）を改題した改訂版です。改訂にあたり、医学用語の修正等を行いました。出版当時の状況を説明するため、一部当時の表記のママにしております。

「障害者の…」というくくりではありますがボクらにとってはこれが日常なのでして
価値感の違いに驚いたり
できることとできないことをお互い理解したりという日々は
どんなカップルにもあることなのではないかなと
そういう意味ではどなたも共感できるような内容になっておりますので
あまりかまえず多くの方に読んでいただけたらと思います
まぁ それはキミの文章力とヒロさんの漫画しだいってとこもあるよね
尽力します
ガンバリマス…

さて
そんなボクらの
付き合いも
5年目に入り
ボクとあおは
同棲を
始めました
と、いっても
新居ではなく
ボクの部屋に
あおが来たのですが
今回は
一緒に暮らしてからの
エピソードを中心に
お届けします
またまた
ドタバタ
しています
楽しんで
いただけたら
幸いです

Contents

もくじ

Contents
もくじ

発達障害とは

発達障害とは、2005年4月に施行された発達障害者支援法では、「SLD、ADHD、自閉症・アスペルガー症候群等の広汎性発達障害（現自閉スペクトラム症：ASD）およびその周辺の障害」とされています。LDは従来、学習障害と訳されていましたが、DSM（米国の精神疾患診断・統計マニュアル）の第5版からは、限局性学習症となりました。ADHDも注意欠陥・多動性障害という名称から現在は注意欠如・多動症となっています。SLDは読み、書き、計算に困難を示し、ADHDは不注意、多動、衝動性が主な特性です。そして、ASDはコミュニケーションを含む対人関係がうまくいかないことがその主症状となっています。

※以前、自閉症やアスペルガー症候群などを含む総称として、広汎性発達障害という名称が使われていましたが、最新の診断基準で（2013年改訂）自閉スペクトラム症と改名され、アスペルガー症候群という名称は正式な診断名としては使われなくなりました。しかし、本書改訂版を出すにあたっては、アスペルガー症候群という名称が現在も一般的に知られているため、そのまま使用しております。

第1章

二人の感覚は違っている!?

人に頼むのは難しい？ 1

ボクの家で
あおがウロウロ
しはじめました
ウロ
ウロ
ウロ
ウロ
キョロ
？？？
何か
探しているの？
ティッシュ
どこ？
はい
おぉ
どこに置いてあるか
知らないのに
ウロウロ探すなよ
聞いてくれれば
教えるか
取ってくるよ？
うーん…
頼み方がよく
わからなくて

あおは
人にものを頼むのが
とても苦手です
誰に頼むのが
いいのかとか
なんて言えば
いいかとか
難しい…
自分でやったほうが
楽だと思っちゃう
カンタンだよ
こんなふうに
サッと…
あおのそばにある
みかん取って
動け
デブ!!
大暴投のストレート
返ってきた～!!

あおは、ちょっとしたことでも人に頼むのが難しいことがあります。ボクが先回りして、「こうしてほしいのかな?」と察することでうまくいくこともある、というお話です。

ある日、あおは妙にそわそわしていました。スマホをいじくってはため息をついてスマホを机に置き、またスマホを持っては画面を見てため息。いつもと違う様子にちょっとのぞき込んでみると、ショッピングサイトで腕時計を見ていました。

「なんだ、腕時計が欲しいの?」と聞くと、慌てて首を横に振ります。

**「いや、見てただけだから!」**

**「でも、ものすごく欲しそうな顔をしてたよ? それに、最近、腕時計の調子が悪いとか言ってたし」**

**「うーん、欲しいといえば、欲しいんだけど」**

**「欲しいんでしょ? でも、ボクがプレゼントするには、今、お金が……」**

**「いや、自分で買うお金はためてあるんだよね。ただ、このサイト、クレジットカードがないと買えないんだよね」**

そう、あおはクレジットカードを持っていません。いつも振り込みや代引きでネットショッ

ピングをします。**「じゃ、ボクが買おうか？　あとで別のかたちで返してくれればいいよ」**と提案したのですが、なかなか渋り続けます。

「でもなぁ、自分の問題なんだよね……。キミに頼むのはなんか違う気がするの」

「このくらいのことなら、いつでも頼んでいいんだよ」

「でも、人に迷惑かけてはいけないって、いつも言われてるから」

「このくらいなら迷惑でもなんでもないよ！」

「そうなの？　うーん、でも……なんか悪い気がするし。自分の問題だから！」

あおは人にものを頼むのにも怖さを覚えるようです。

あおには**「人に頼んだほうが楽なことは、頼んでもいいんだよ」**とよく伝えるのですが、あおは**「人に何かを頼む方法ってよくわからないんだよね」**と本気で困った顔をします。

そこで、**「なんで人にものを頼めないの？」**と聞いてみると、**「だって、人に頼むと怒られるし、ずっと『自分のことは自分でしなさい』って教わってきたから」「お願いしても『それはダメ』とか言われるから頼まないほうがマシ」**と答えてくれました。

ちょっと考えてみると、お願いをする基本って、「いつ、何を、どうしてほしい」と伝えることですよね。確かに、あおは「いつ・どこで・だれが・何を・なぜ・どのように」というような、いわゆる「5W1H」を組み立てるのが苦手です。特に「いつ・何をしてほしいか」というのが、うまく表現できないようです。

だから、お願いするとき、「何をお願いしているのか」を相手がちゃんと受け取ることができず、笑われることが多かったのではないでしょうか。

また、「自分でなんとかしなさい」というのは、誰でもよく言われることなのですが、あおにとっては呪縛の言葉。文字どおりに受け取ってしまい「自分でなんとかする＝人にものを頼んじゃいけない」と学習したのではないかと考えています。

ただでさえ、お願いすることに罪悪感を覚えて、やっとお願いしても、「よくわからない」と笑われて終わり、ということが続いたら、誰でも「お願いしよう」と考えなくなります。それに、お願いするということに恐怖心をもって当然ですよね。

実はボクもお願いするということはあまり得意ではありません。なんでも自分で抱え込んでしまうタイプです。日常的に「よく聞こえない」状態なので、しょっちゅう**「もう一度言ってください」**とお願いすることが多いのですが、迷惑そうな顔を何度もされたり、**「もういい！」**と話を打ち切られることが多かったのです。そういう経験から「お願いする」ということそのものに恐怖を感じることがいまだにあります。

では、そんなあおに対して、「お願いされないから何も手伝わなくていいのかな」となると、それは違っていて、あおはあおで、「頼めない」ことでさらに困った状態に追い込まれていることは、はたから見ていてわかることがよくあります。そういうときは、**「ねぇ、なにか困ってる？」**と聞いたりしています。

それでも、「お願いします！」とはなかなか言えない。でも、心の中では「お願いしたいんだけどな」と思ってるんだろうなぁ、という場合は、言葉を変えたり、お願いするハードルを下げてお願いしやすくする、などの方法をとる場合もあります。

あと、大事なのは、そのお願いがよくわからなかったり無理な場合でも、「否定・拒絶」を感じさせる言い方はしないこと。少しずつ、「この人にはお願いしても怒られない」という認識を広げていくことが大事なのではないかな、と思っています。

また、お願いのテクニックとして、お願いする前に「すみません」と付け加えたり、ボクが何か作業に集中しているときや、職場の人が忙しいようなときではなく、暇そうな時にお願いをしたり、ということも教えています。

その結果、「どうしていいのか」と悩んでいる時間が少しずつ減っているようです。

時間どおりに着かないが当たり前 2

駅にハトがいたから追っかけてたら
電車に乗るの忘れちゃってさ
ハトー
とっ
とっ
とっ
駅の中で時間くってた
ブフォ?!
それって遅れるってメール送ってから
電車に乗らなかったってこと?
だね
これでもマシになったほうなんだよ
前なんか友だちにちょっとハト追っかけてくるって言って
気がついたら2時間たってたってこともあったんだから!
えへん
なんでちょっと誇らしそうなんだ…

あおと時間を決めて待ち合わせするというのは、一種の賭けであります。
というのも、あおは「時間どおりに到着する」ということが、まずありません。
ボクもたいがいにして遅刻魔ですが、あおの場合は「遅く着きすぎる」か「早く着きすぎて時間をつぶしていたら待ち合わせ時間を忘れて何かに没頭していた（結局遅刻…）」というパターンがほとんどなのです。
後者の場合「ハトやネコを追っかけてたら時間を忘れていた」とか「喫茶店に入って寝過ごした」とか、そのあたりが多いのです。

「時間ピッタリに着くようにスマホの電車乗り換えアプリを使ったら？」

「使い方がわからないんだよね……」

「乗る駅と目的地の駅を入力するとルートが出てくるでしょ？　なんで使い方わからないの？」

「自分が乗りたい路線のルートが全然出てこないんだもん！」

「あーなるほど」

あおは一部の路線を優先して使いたがるようです。その優先順位は本人にもよくわかっておらず、「とりあえずこう行けば着くだろう」という推測でどんどん乗り継いでいくので、特に初めての場所では到着時間がさっぱり読めません。

さすがに**「どう行けばよいですか?」**と駅員に尋ねることもあるそうですが、それでもよくわからないから突き進む、ということも多いそうです。

「じゃあ、家を出る時間ってどうやって決めるの?」

「1時間前」

「どこに行くにも1時間前ってこと?」

「そうだよー」

なんと、あおは「どこに行くにも1時間前に家を出ればいい」というルールを採用していることが発覚!

「だから『遅く着くか、早く着くか』のどっちかしかないのか……」

「みんなすごいよね、どうやってちゃんと時間どおりに着くんだろうね、理解できないよ」

「むしろ、どこに行くにも1時間前に出るというのがボクには理解できないんだが。で、うちの最寄り駅からキミの家の最寄り駅まで1時間30分かかるんだけど、遅刻しないこともあるよね」

「気まぐれで早く出ることもあるからね。で、早く着きすぎてどうしていいかわかんないからハトを追っかけたりしてると、いつの間にか1時間たってたり」

「……すべてが気まぐれと勘で動いてますね」

「まぁ、人生なんとかなるもんだねー。あははっ」

あおは時間の計算が非常に苦手です。そのうえ「どういうルートをたどればいいのか」は、あまり記憶しておらず、勘頼みのところが大きい。そうなると、何時に着くかと考えることは難しいのでしょう。だから「1時間前に家を出る」というルールをつくったのかもしれません。

ただ、**「何かがおかしい」**という自覚はあるらしく**「なんで待ち合わせの時間なのに着かないんだろう……」**と不安になって意識が吹っ飛ぶこともままあります。そういうときは、到着した時点で疲労困ぱいしています。

というわけで、最近はLINEやメールを使って、あおが今どこにいて、何時に着きそうかこちらで計算したりしますが、それでもトラブルが起きます。時間どおりに到着させることはあきらめ、最悪でもこれ以上は遅れないだろう、という予測を立てています。

例えば、一緒に行くイベントが13時開始なら、最寄り駅に11時の合流にします。そうすれば、まぁ、2時間の余裕は生まれるわけでして。

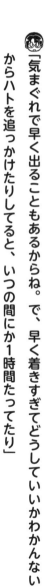

また、どうしても遅れてはダメな用事がある場合は、確実にあおがたどり着けるルートを聞き、そこに余裕をもって合流することにしています。あとはボクと一緒の電車で会場までスムーズに、ということですね。

この方法で、少なくともボクと一緒に行くときは、致命的な遅刻はほとんどなくなりました。

なお、仕事については、

「最初は1時間前に出てたけど、どうしても時間どおりに着かないから1時間20分前に出るようにしたよ」

「そうやって修正するのに、どれくらいかかったの?」

「3か月くらい」

「前の仕事はどうだったの?」

「前の職場はちょうど1時間ぐらいだったんだよね、なのに、なんで今の職場に1時間で着かないのか、よくわかんない」

うーむ、難しいものです。

とにかく、遅刻をするにしても「その理由」を探らないと改善は難しい。ただ「遅刻するな!」ではなく、どうすれば間に合うようになるか、一緒に考えていくのが大事かもしれませんね。

自分の体はどこまで？ 3

ぐったり…
前線が停滞し 数日間 天候が 崩れる見込み です
雨が続くのか…
ボクらは 雨が苦手です
やだ——
しとしと
二人とも 雨が降ると 体調が悪くなる からなのですが…
めまい
頭痛
関節痛
うぅ うぅ
気分障害
あおの場合 もう一つの問題が…
ポン
てくてく

ただでさえ
まっすぐ歩くのが
苦手なのに
傘をさすと
さらに難しく
なるようです
おっ
とっ
とっ
とと
ガッ
あっ…
スミマセン
イエ
どうした
の!?
ぶつけちゃった
傘の大きさが
わからなくて
傘の大きさ
が？
?
ちゃんとよけた
つもりだったのに
な——
実はあおには
こういうことが
しばしばあります

そもそも体の大きさがわからないんだよね
スカッ
どのくらい手を伸ばしたら物が取れるとか距離感?がわからないの
ああ――
そういえば傘なくても家の中の物によくぶつかってるかも…
ガン
あっ
あっ
ガッ
よろけてるだけのときもあるけどね…
あおは「自分の体」のイメージを
見えてなくても足がどこにあるかちゃんとわかる
見えないとわからない
捉えるのが難しいようです
足無くなった…

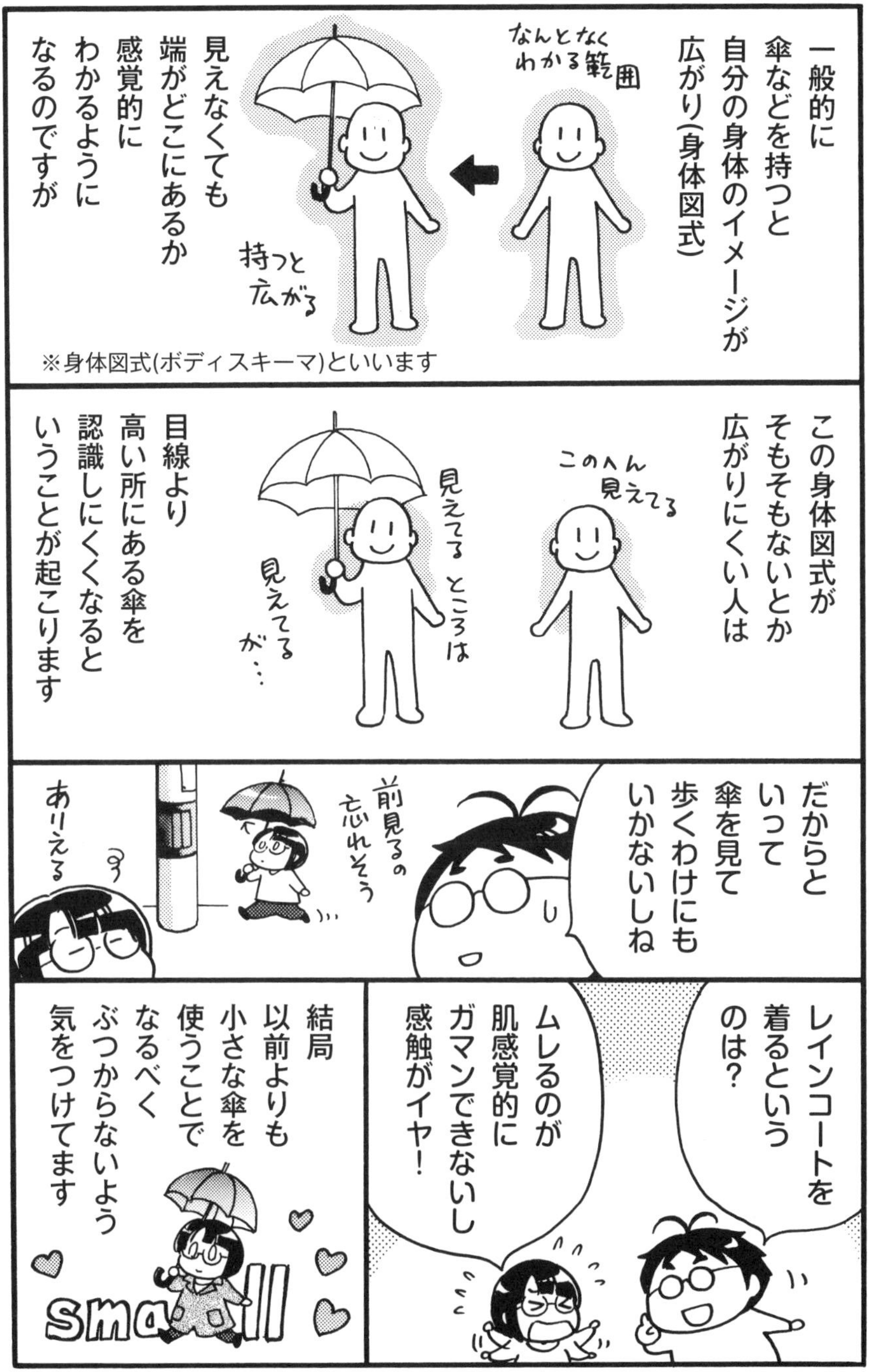
一般的に
傘などを持つと
自分の身体のイメージが
広がり(身体図式)
なんとなく
わかる範囲
見えなくても
端がどこにあるか
感覚的に
わかるように
なるのですが
持つと
広がる
※身体図式(ボディスキーマ)といいます
この身体図式が
そもそもないとか
広がりにくい人は
このへん
見えてる
見えてる ところは
見えてる
が…
目線より
高い所にある傘を
認識しにくくなると
いうことが起こります
だからと
いって
傘を見て
歩くわけにも
いかないしね
前見るの
忘れそう
ありえる
レインコートを
着るという
のは？
ムレるのが
肌感覚的に
ガマンできないし
感触がイヤ！
結局
以前よりも
小さな傘を
使うことで
なるべく
ぶつからないよう
気をつけてます
small

夏の盛りも過ぎ、「秋雨前線が関東にかかり、数日間天気が崩れる模様です」と天気予報が出るころ。ボクとあおは**「雨、続くのかー、やだー」**とテーブルに突っ伏しながらうめきます。

いや、雨が好きな人もいると思うのですが、ボクもあおの場合も、低気圧が近づくと体調を崩しやすいという問題があるのです。

ボクの母も聴覚障害で、天気が崩れると体調が悪くなるので、ボクのほうはおそらく耳の障害からくるものではないかと思うのですが、あおの場合はよくわかりません。調べてみると、天気が崩れると体調が悪化するという発達障害の方も結構多くて、なにかしら関係があるのかな?とは思うのですが、確証はありません。

ただ、障害と関係なく体調が悪くなる人はいるので、あおの場合、その度合いが強いのかなぐらいに捉えています。

雨が降ると、あおには別な問題が発生します。

あおは傘をさすのが苦手。傘を壁にこするわ、しょっちゅう人とぶつかりそうになるわで、見ていて危なっかしいです。

これは、あおが「自分の身体の範囲」がわかりにくいことからきているようです。

一般に人間は自分の身体を「これくらいの大きさ」というのを意識せずに感知し、適切な距離をとったり、避けたりできるのだそうです。

しかし、あおはどうもこの機能があまり発達していないようです。

「身体図式（ボディスキーマ）」という言葉があるのですが、言葉どおり自分の身体のイメージをもつことです。あおはその「自分の体」を捉えるのが難しい傾向があるようです。

具体的には、体のサイズの感覚をつかめていません。例えば、コップを取ろうとしたとき、どのくらい手を伸ばしていいかわからず、手を伸ばしすぎてコップを倒してしまったり、逆に、空振りしたりします。

また、電車で座るときも端っこの席にしか座れません。隣り合った席だと、座るときにほかの人にぶつかったり、どこに腰を下ろしていいのかわからなくなるそうです。

ですので、あおが何か取ろうとしているときは、先回りして取って渡すとか、電車では端の席が空いていれば座れるように目配りしたり、ということをしています。

また、傘をうまくまっすぐ持てないため、傘が傾いてしまい、視界を遮ってしまいます。ところがあおは、視界を遮っていることに気づかず、そのまま歩いて障害物や人に衝突することもあるそうです。

だから、あおは小さい透明ビニール傘を愛用するのですが、雨よけの効果は低いので、大雨になるとしょっちゅうずぶ濡れになって帰ってきます。

ボクは、**「風邪ひかないように大きな傘にすればいいのにー!」**と言うのですが、**「荷物が濡れなければいいんだよ!」**と斜め上からの返答をしやがります。

よく見ると、確かにバッグはそんなに濡れてないんですよね。

「なんでバッグ優先なの?」

「バッグの中身が濡れたら、乾かすために中身を取り出さなきゃいけないじゃない。それだと中身をなくしたり忘れ物したりするから。服ならハンガーに掛けておけばすぐ乾くしね!」

「なるほど、それはそれで合理的なのか……」

「そういうこと!　ハクショーン!」

「風邪ひくから、まずシャワー浴びてこい!」

そんなあおなので、ボクが雨の日に彼女と一緒に外出する場合は、ボクの大きい傘で相合い傘にすることもあります。お互い別々の傘を持っているときでも、あおがぶつからないように手を握って歩いたり、傘をつかんで強制的に障害物をよけさせたりと、雨の日の外出はとにかくせわしないのです。

ところで、この前も雨の中、濡れて帰ってきたのですが、

「傘は持って帰ってきたよ！　でも、さすのを忘れたよ！」

と元気よく答えたときは、さすがに頭を抱えました。

「風邪ひくぞ？」

「大丈夫大丈夫、風邪ひかない！　バカは風邪ひかないから！　ハクション！」

「早くシャワー浴びてこ～い！」

うん、やっぱり、雨の日は苦手です。

体の硬さは心の硬さ？ 4

イデデデ
デデデ!!
もっとやさしくしてよ
問答無用!!
ギャニーーー!
DVではありません
ぐぃ
ぐぃ
マッサージです
そんなに強くしてないでしょ
痛いもんは痛いんだよ!

特に事件がなくても
フラッシュバックや
仕事・通勤などで
ストレスを感じがちな
あお…
家に帰ったとたん
ひどく落ち込んだり
何を言っても反応が
なくなったりする
ことがあります
フリーズ…
ぽと ぽと ぽと
あるとき
落ち着かせようと
抱きしめたら
背中が板のように
硬くなっていることに
気がつきました
ん？
ん？
そんなわけでの
マッサージ
は〜〜っ
あおは
「わかんないけど」
と言いますが
かなり効果ある
ような気がしてます
おっ
マシになっ
たー

ここ最近、あおの体のチューニングにはまっています。

といっても、別にボクの人工内耳のチューニングみたいに手術をしたわけでもなく、夜な夜な体の凝っている部分をもみほぐしたり、ストレッチをさせたりと試行錯誤している最中なのです。というのも、あおの体の不調には、どうも精神的なものが影響しているような気がするからです。

最初のころは、体をほぐそうとするたびに、**「ぎゃにー!」**と叫んでいましたが、最近はずいぶん軟らかくなってきたからか、それほど痛みを訴えることはなくなってきました。ボクのマッサージがうまくなってきたのかもしれませんけどね。

さて、なんであおの体の硬さが、精神的な不調とつながっていると考えたか?

ある日、いつものように家で**「将来が見えないから心配だ……」**とパニックを起こしたのですね。頭をガンガン壁にぶつけるので、慌てて抱きしめて止めに入りました。

そのとき、あおの体が板のように硬く、特に首の周りを押してみると、ほとんどコンクリートのようにガチガチでした。

そういえば、発達障害の子どもは体が硬いので、十分に運動ができない、じっと座っていられないというケースがあると聞いたことがあったなと思い出し、体の硬さも発達障害のパニック状態を悪化させるのでは?と考えました。

あおが言うには、**「ああいうとき（パニックなどが起きているとき）って、コードが1本1本抜けていく感じなんだよね。体の制御がきかなくなって。そうなると、どんどん回復させていこうとは思っても、もがけばもがくほど体のコードが抜けていく感じ」**だそうです。

つまり、体を動かす、ということそのものにすら困難を感じるようになり、それ自体が不快感となり、どんどんドツボにはまっていく、という感じです。

その過程で体もどんどん緊張感を増していって、岩のように体全体が固まってしまうのではないかと考えています。

体が硬いと血行が悪くなりますし、緊張感も取れなさそうですし、何よりここまで体が硬いと、痛いだろうと思います。

そもそも、だれでも緊張して体が硬くなると十分なパフォーマンスが発揮できません。運動選手が試合前にリラックスするようなことをしているのはもう一般的な話ですね。

リラックスするためには、深呼吸をしたり、好きな音楽などを聴いたりするのが有名ですが、あおの場合は、パニック状態になるとうまく呼吸をコントロールできなくなりますし、何かで気を紛らわせるというのも不可能になります。というか、それができたらパニックが起きない気がします。

じゃあ、あお自身が体をコントロールするのが難しいなら、ボクがうまく外から制御すればいいんじゃないかな、と試しにパニックから回復しつつあるあおをベッドに寝かせて、念入りに体の硬いところをもみほぐしてみました。

そのころは、だいたい1〜2時間くらいは話しかけてもほとんど反応しない状態が続くことが多かったのですが、このときは30分くらいで回復して、話せるようになりました。

「いや、今回は回復早かったね」

「いや、何が起きたかわかんないけど……。そうなの？」

「肩がとても硬かったからもんでみたんだけど、肩の痛みとかない？」

「んー、たしかにいつもと比べたら肩が軽いかも。あと、なにかギュッと押されている感じがして安心した気がする」

「ふーむ、ぎゅっと押されると安心するってどういうこと？」

「なんか、帰ってくる場所があるみたいな感じがするというか、コードの位置がわかる感じ？　物理的圧力がないと自分が風化してしまう感じがするの」

「じゃ、今度から、パニック起こしたときは、思いっきり抱きしめたり、体をもんだりするね」

というわけで、これ以降、あおがパニックになったときはもちろん、パニックを起こしそうだなぁというときも、体をもむことであおのつらい時間を軽減できてきました。

また、毎朝、あおの肩に触れていると、日によって硬さに違いがあることがわかってきます。そして、硬い日はたいてい調子が悪くなります。

じゃ、毎日体をもんで、肩を軟らかくしておけば調子もよくなるんじゃないかという、ちょっとしたコロンブスの卵的発想で、毎晩、肩こりに効くツボを押したりもみほぐしたり、ストレッチポールやバランスボールを使ってみたりと、いろいろやっている今日このごろなのです。

その効果がだいぶ出てきたのか、軽いパニックなら手をもんでやったり、肩の痛いところを強く押すとそれだけでもだいぶ意識がしっかり戻ってくる、ということも増えました。久々の大勝利を感じているしだいです。

発達障害の子が体が硬いという報告は多いのですが、原因はよくわかっていないそうです。しかし、体の硬さが一つの精神的状態の指標になるのかなと、あおを見て思いました。

もちろん体に触れられるのを嫌がる子もいるのですが、毎日の体の状態をチェックしてみるのも一つの方法かもしれませんね。

スケジュール管理は力まかせ 5

※現X。当時の表記のママにしています。

ホントに大丈夫?
…そういえばあおは仕事(名刺作成)の締め切りをきっちり守る人だよね
どうやってるの?
スケジュール
えっ…
締め切りを守らないのは悪いことだよね?
ナナメ上からの返答キター!!
いやほら以前先の事を予測するのが苦手って言ってたよね?
それでどうやって締め切りを守ってるのかって話なんだけど…
え——
あ——
う——ん…

目の前の仕事を
やっていたら
いつの間にか
終わってて——
幸い締め切り
前でした——
ってカンジ？
さらに
ナナメ上からの
返答…!!
だから
ツイッターで
遊んでないで
仕事しろ
いやそれは
ごもっとも
なんですが
……
つまり
それは…
休まずに
走っていれば
いつかゴールに
着くという
考え方
短い距離なら
走り切れば
いいけれど
長距離を
走るとなると
……

給水やら
休憩やら
必要だし
どこでペースを
上げるかとか
考えなきゃ
いけないじゃん
うん
そうだろうね
それは
例え話だけど
長丁場の仕事も
そこは同じなんだよ
ぱっ
仕事の進め方の
計画なしで
長丁場の仕事を
するのは
難しくないか?
実際
難しいね
倒れちゃう
かも…
でも
キッチリ
スケジュールを
組んだら
組んだで　それを
守らなきゃって
思い込んじゃって
キッチリ
キッチリ
今日のノルマ
明日のノルマ
ちょっと
何かでズレると
締め切りも何も
フッ飛んじゃうから
考えずに走って
やり切るんだ
おおそろしい
なぁ、それ
どちらにしろ
「あお方式」で
ボクが締め切りを
守るのは無理みたい

あおの鬼門はいろいろあります。スケジュールの管理もその一つです。というか、根本的に「スケジュールをたてる」という感覚がわからない、という問題があるのです。

例えば、「10日後に100箱の名刺を作らなければならない」という仕事が来ました。その締め切りまでに終わらせるためには、名刺のデザインを考えるのに何日、名刺を印刷するのに何日、カットして検品するのに何日かかるか、という「予測」が必要になります。

でも、何度も触れていますが、あおにとっては「時間」というのは、「見えない」捉えどころがないものです。例えば、あおに**「名刺のデザインをするのに何日かかるの？」**と質問をぶつけてみても、**「何日かかるとか考えたことないなー」**と返ってきます。

「だいたいこれくらいで終わる、って考えながら仕事しないの？」

「締め切りがなんなのかよくわかんないんだよね。とりあえずそこを越えたら怒られるから、怒られないように守るけど」

「でも、今やってることが何日かかるかわからないのに、どうやって締め切り守るの？」

「んー？　気合い？」

「気合いでなんとかなるんかよ！」

「いいからあんたは原稿書け！　ツイッターしてんな！　気合い入れろ！」

というように、本気で「気合い」でなんとかなると思っているあおでございます。

実際、あおの会社の方に聞いても、**「あおさんはしっかり締め切りを守ってくれるから、安心して仕事を任せることができます」**とすごく信頼されています。

ただ、個人的なことになると、結構ポカをやらかします。

例えば、友だちに頼まれて画像のコラージュを作ったことがありました。友人は「○日までにやってほしい」と頼んだのですが、あおはその締め切り日をメモにとっていなかったため、締め切りを完全に忘れていました。

それで、友人から**「頼んだのまだ?」**と連絡が来て、死ぬほど慌てて、深夜に作り始めて、ほぼ徹夜になったのです。

これはまぁ、誰もがやらかしそうな話ですが、あおの場合は、「意識に上った瞬間」にやらないと、すべて白紙に戻る感じがするそうです。

職場にいる間は、常に「仕事」という意識があるため、わりとスムーズに「あれをしなきゃ」と記憶の回線をオンにできている模様。また、過集中の威力もあり、仕事そのものはとても速いんですね。

また、会社の方も、あおに仕事を任せる時点で「あおさんなら、これならこれくらいの日数でできるだろう」という調整をしてくれているため、あおは締め切りをそこまでイメージしなくても、本当に「気合い」で締め切りを守ることができるわけです。

でも、気合い≒過集中的なものなので、仕事が終わったあとは、とても疲れ果ててしまいます。仕事が終わって電車に乗り込んだ途端、倒れ込みそうになることもよくありました。

例えるなら、あおは「ゴールがどこなのかわからないけど、とにかくダッシュすればゴールに着くだろう」と、常に全力で猛突進している感じでしょうか。そして、一度立ち止まったら「どこにいるか」という地形情報がないので、走ってきた道がどこなのかすらわからなくなる。そうなると、どこに走って行けばいいかわからなくなるから不安になる、ということもあるのだと思います。

常に意識にあることに向かってダッシュか、意識に何も上らなくてどの方向に走ったらいいのかわからない、それがあおの「仕事のベクトル」なのではないでしょうか。

あおの今の仕事は、基本的に短期決戦型のものを任されています。ですから、あおの会社はあおの才能をよく理解して、仕事を任せてくれているのだなと感心することしきりです。

ただまぁ、この仕事のやり方は、とてもあおの体力を消耗しますので、ボクができることは家でゆっくり休めるよう工夫することでしょうか。また、日常的なスケジュールをうまく管理することも含みます。

日常的なことについては、仕事場にいるように意識を常に一つの方向に向けることはできません。日常生活とはさまざまなイベントの組み合わせで、「日常を送る」というのはある意味仕事をこなすより難しいものです。

では、日常生活でのあおのスケジュール管理、となればどんなことがあるでしょうか。

ここでいうスケジュールはいろいろな意味をもちますが、主に意識しているのは日々のタスク、例えば薬を飲むことだったり、食事や風呂に入る時間を決めたり、などです。また、友だちから頼まれた用事があることもあるし、自分でやりたいこともあります。

日々のタスクは、ボクのほうが家事を中心にやっているので、あんまり困ることはありません。夜はだいたい8時ごろにご飯を作り終えて、9時にはあおが皿洗い。その最中に風呂にお湯をためて、9時半ぐらいに投薬と、ある程度スケジュールは固定化してしまっています。

それに合わせるための苦労というのもあるのですが、これを崩すとあおが不調になることがわかっているため、ボクのスケジュールもそれに合わせたものになります。

そうなると、一人暮らしのときは結構めちゃくちゃだったボクの生活リズムも整ってきて、ボクも楽になるということにもなりました。

ただ、一番困るのは、あおが自分のやりたいことが一気に出てきたときです。夜中に起きて、気になったことを思い出すと、明け方までずっとそれをやってしまう。それで、翌朝起きるのがキツく、フラフラになりながら出勤する、ということが何度もありました。

「夜はしっかり寝なさいよ」と注意するのですが、**「一度気になったことを終わらせないと眠れなくて」**とあおも自分ではどうしようもないようです。

これに関しては、今も試行錯誤しているのですが、「やりたいこと」をうまく聞き出して、だいたいどれくらいの時間がかかるかを確認しておきます。

そして、そのタスクを細かく分けて紙に書き、「今日はここまでにしておきなさい」と釘を刺しておく。この方法である程度は抑えられているかな、と思うのですが、やはり夜中に目が覚めたときは、何かしらしてしまうことが多いので、いい方法はないかと考えているところです。

ただ、ボクもスケジュールを守るのは苦手ですし、なかなか仕事に取りかかれないけど、始めたらバーッとやってしまうタイプ。腰が重いのですね。

それを言うと**「あんたが重いのは腹だろ！　いいからとっとと原稿やれ！」**と尻ならぬ腹をたたくので、ボクは泣きながらキーボードをたたくのでした。

くらげとあお

ある日の会話❶

あお
スマホがない！スマホがないよ！

くらげ
おちつけ！パニック起こすなよ!?

あお
本当にどこ探してもないんだよ!?

くらげ
……今、どうやってＬＩＮＥしてるんだ？

あお
あっ……手の中にあったわ……

くらげ
なんで探した!?　なんでなくなったと思った!?

あお
わかんないけど、困ってたんだよ！　ありがとう！

くらげ
謎やな……。こいつは本当に謎やな……

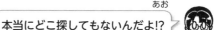

「普通」ってなんだろう？ 6

今日は魚を焼きます！
ばーーん
帰ってくるなり宣言するボク
マート
なぜならボクは今とても魚を食べたい気分だからです!!
……
時は秋!!
ほっこりじうじうの焼き魚の白い身に
たっぷりの大根おろし…トドメにしょう油をちょっと垂らして
ほふ
ほふ
ほふ

ご飯をかき込む!!
わーっ
ああ…考えるだけで素晴らしい！
幸福!!
ホゥ
というわけで魚を…
いそいそ
骨が刺さるからやだ
ひと言で両断されました…
ピキッ
ヤだ
し・か・し!!
その言葉は想・定・内!!
見よ!!
ばっ

抜かりなく骨取り魚を買ってきました!!
骨取りサバ
おお——っ!?
小骨を取る必要はありません!!
そのままかぶりついてOK!!
おお——っ!?
問題はちょっと高いことです!!
お…
え——!?

やがて焼きあがった魚をつつきながらあおが言いました
そういえばさ…
最近前に比べて食事の味がわかるようになってきた
なんでだろう?
へえ…?
食事の味つけはむしろ薄くしてるからボクにとっては少々物足りないぐらいなんだけど…
もむ もむ
いや味の濃さとかじゃなくて
ご飯の味に集中?できるようになった
みたいな?
もむ もむ
もしかして静かだからかな
ボクも話をしながらの食事って苦手だから…
かもねー
もぐ
もぐ
ハタから見ると会話のない寂しい食卓…?
でもあおにとっては必要な静けさなのかもしれません

あおと一緒に住んで大きく変わったことの一つに、ボクの食生活があります。
ボクは一人だと結構めちゃくちゃな食生活です。ラーメンと牛丼とコンビニ弁当のローテーションということもありました。脂っこいうえ、塩分も高め。そのうえ味が濃いのが好み…という典型的なダメ男の食生活でありました。
健康診断の恐ろしい数値については、ご想像にお任せします。

ところが、あおと同棲してからは、毎日が自炊です。朝食、弁当、夕食と3食自炊です。
しかも、あおに**「塩辛いー」**と言われないように、（自分なりに）薄味に徹します。
そんな生活を1か月も続けると、不思議なことに味覚も変わるものですね。脂っこいのや塩辛すぎるものは、体が受け付けなくなったりします。

「最近、大盛り豚骨ラーメンが食えなくなりつつあるんだよね」

「いや、そもそも食わなくていいから。食わなくても死なないから。食い過ぎると死ぬから」

「最近、血圧が下がりまして」

「前が高すぎたからね！　死ななくてよかったね！」

「あと、好みが変わりまして、お魚が食べたいです」

「あ、それはおじさんになってきた証拠だ！」

「まだ青年だ、おじさんちゃうわ！」

「うるせぇ、戸籍上もおじさんやん！ あきらめて認めろ！」（この前、甥っ子が生まれました）

「やかましい！ 俺の子どもに間違われた〝歩く年齢詐称〟」

「そりゃあんたが老け過ぎなんだよ！」

とかまぁ、そんなどうでもいい言い争いをしつつ、漫画のようになるわけですが……。

あおは、焼き魚を食べるのがとてもヘタです。箸で細かい作業ができないので、細かい骨を取ることができません。結果、のどに小骨がつっかえたりして、ひどい目に遭うわけで。

そこで、「骨取り魚」という便利なものを買ってくるわけです。いい時代になりました。

世の中、日々便利になるわけでして、味覚に独特の感覚をもつ発達障害の方もさまざまな工夫がされた食品やサプリメントで食生活の偏りを改善したり、肢体不自由の方用のスプーンなどで食事するのが楽になったりという事例がありますしね。

あおの「焼き魚が食べられない」というのも、骨を取った魚が市販されたことでクリアでき

るようになったのです。これも「障害に対する支援を探すことだけが支援ではない」ということの一つなのかなーと感じています。

手抜き文明万歳！

ところで、あおは「おいしそうに」ご飯を食べます。対してボクは、さほど表情を変えずに食べます。ボクはもう12年間も一人でご飯を食べるのに慣れ切っていて、はたから見ておいしそうに食べるのが難しいのです。

でも、二人とも無言で黙々と食べます。

あおは食べながら話すのは苦手です。複数のことに集中できないから。

ボクも食べながら話すのは苦手です。唇の動きを読むことで聴覚を補っているから。

食卓を囲んで談話に花咲く、というのは、ボクらの場合はそんなにありません。

はたから見たらちょっと寂しい光景かもしれません。でも、それも好みと割り切ってしまえば、なんのことはない、普通の関係です。

ボクもあおも障害があります。ちょっと「普通」と比べて感覚がズレているかもしれません。「普通」と比べてできないこともあるでしょう。

でも、その「感覚のズレ」をまとめて楽しむことが、ボクとあおが仲よく暮らしていけるコツなのだと思います。

例えば、ボクはこの本の中ではスムーズに話しているように書いていますが、実はかなり危なっかしいのです。何度も聞き返しますし、聞き間違いも多い。また、カタカナ語や込み入った単語の発音を間違ってしまいます。

一方、あおも「脳内で言葉を書き直さないと認識されない」ため、変な聞き間違えをします。

ですから、コミュニケーションの密度は普通の人より薄く、難儀かもしれません。

でも、「そうあること」を「そうなんだ」と受け止め、お互い**「何言ってるんだバーカ！」**と笑い飛ばせる関係をボクたちは築いてきました。

人によっては、眉をひそめるかもしれません。でも、それがボクとあおの「普通の関係」なのです。

「普通」は何を基準にするか。そこから外れていたら、その関係はつくれないのか。一度「普通」から離れたところで、自分たちの関係を見つめてみる。

それこそが「自分たちの普通」をつくる道なのかなと静かな夕食をとりながら思うのでした。

Column

文章によるコミュニケーションを

梅永雄二

アメリカで刊行されている精神疾患の診断・統計マニュアル（DSM）が2013年に改訂され、自閉症が「自閉スペクトラム症」と明記されるようになりました。このスペクトラムとは「連続体」という意味で、知的障害を伴う重度の自閉症から知的障害や言語発達の遅れを伴わないアスペルガー症候群までが連続しているという意味です。しかしながら、知的に重い自閉症であってもアスペルガー症候群であっても共通している特徴が、コミュニケーションの障害です。

知的障害のある自閉症だと、まったく言葉がでない人もいますし、言葉があっても他者の言葉にオウム返しで答えてしまい、言葉によるコミュニケーションが困難です。一方、アスペルガー症候群の場合、知的に問題はなく、ITや芸術方面に高い才能を示す人もいますが、人と接触するのが苦手だったり、人としゃべることはできるものの、相手の話をまったく聞かずに、一方的にしゃべり続けたりする人がいます。

あおさんの場合もコミュニケーションが苦手なため、人にものを頼むことができません。このような場合は、言葉ではなく紙に書いてコミュニケーションをとるといいでしょう。自閉スペクトラム症の人は、聴覚よりも視覚刺激のほうが理解しやすいといわれています。よって、誰に、何を頼むのかをあらかじめ紙に書いておいて、その項目に丸をして、書かれた文章を読むといったかたちで他者とのコミュニケーションをとることも有効です。

第2章

「ありのまま」でいられない

ストーリーがわからない 7

ストーリーが
覚えられなくて
……
どうゆう内容か
よくわからな
かった……
場面が変わると
前のシーンなんか
忘れちゃうんだ
だから話の
つながりが今イチ
つかめなくて…
そういう
ものなの!?
ぴっ
ぴっ
そもそも
役者さんの顔も
見分けつかないし
そういえば
人の顔
覚えられないって
言ってたね
ツカレタ…
考えてみると
映画を見るのって
けっこう高度な情報処理能力
使ってるんですね

あおは、映画というか映像作品を見るのが好きではありません。いや、好きでないというか、見ても話を理解するのが大変で、あまり見ないのです。

なぜストーリーが理解できないのかというと、「俳優の顔が覚えられなくて、誰が誰だかわからない」「場面が変わると前のシーンを忘れてしまう」という問題があるからです。ワーキングメモリの弱さによるものや、前作でも書いた「顔が覚えられない」などといろいろな原因が絡まって、「観賞しても理解できない」という結果になるのです。

しかし、そう考えると、「映像作品を観賞する」という行動一つをとっても、高度な情報処理能力使ってるんだなぁ、とあらためて感服しますね。

特に、あおは「動いている人の顔を見分ける」のがとても苦手です。正面を向いた顔と横顔では違いますし、表情の変化もなかなか把握しにくいようです。

一つひとつが別々なものと認識しているのではないかな、とボクは考えています。

ただ、全部が全部わからないかというとそういうことはなく、登場人物が多くなかったり、派手な衣装に身を包んでいるような場合は、比較的容易に理解することができるみたいです。

また、漫画原作の実写映画・アニメ作品などはたまに見ます。

「なんで漫画が原作なら見るの？」と聞いてみると、**「原作の内容を覚えていると、映画になったとき『おお、こう表現するんだ、すげー』みたいな楽しみ方ができるんだよね」**と言います。

実際、あおは視覚障害のある友人と一緒に漫画原作の映画を見に行き、**「今、主人公がこういう動作をしているよ」**などと音声ガイドをしたことがある、というので、ストーリーさえ理解できていれば映像そのものを楽しむことができるのです。

ところで、実のところボクも映像作品はあまり見ません。なぜか映像作品を見るとぐったり疲れてしまうのです。

これについては、単に聞こえないから字幕を見るのに必死というのもあると思うのですが、人工内耳を通していろいろな音にさらされるのも原因の一つだと思います。

なので、映画を見るというのは、かなりのモチベーションがないと手が出せないのです。

なお、最近はテレビで歴史ドラマを見るようになりました。そのような場合でも、音声をミュートにして字幕だけで見ています。それだとあんまり疲れないので、やはり音に疲れる（聞き取ろうと集中することに疲れる）というのはあるようです。

あおに話を戻しましょう。映像以外の娯楽作品はどうかというと、小説などはほとんど読み

ません。それは子どものときからで、やはりストーリーをつなぎあわせて最後まで読みきる、というのが難しいからです。

といっても本を全く読まないかというと、そういうわけでもなく、百科事典や解説書、説明書のようにさまざまなことが羅列してあるものを繰り返し読んでいます。あおが語い力や雑学的な知識が豊富なのは、そのような幼少期からの積み重ねがあるからですね。

発達障害のある人の話を聞くと、辞書や事典を好んで何度も読むのが好きだった、という人は多いので、あおもその典型例なのでしょうか。

しかし、うつ病を発症してからは、そのようなものを読むのも大変なようで、本が読めない、と嘆いています。

また、漫画も読むことができます。キャラクターが動かないから、誰が誰だかわかりやすいからと言っていました。ただ、長編になると何度も戻って確認しなければならないので、1話完結型の漫画を好む傾向があります。

ただ、小説や映画を見る能力には、結構大事なこともあるかと思います。人の心を推測したり、物事の起承転結を理解する力を育てることになるからです。

確かに、辞書や事典のようなものばかり読んでいて、ほかの子どもが好むような本、ドラマ、アニメを好まないのは親として心配になるかもしれません。

でも、自分の好きな本を通じて語いや知識を学んでいるわけですし、それらを取り上げて、ほかの子どもが好むようなものを無理に押し付けても、発達障害のある子どもにとっては苦痛で、読書や映像作品を見ることそのものが嫌いになるかもしれません。

あおもそういう経験をしてきたので、なおさら小説や映像作品に苦手意識があります。そういう経験がなければ、もっと素直にいろいろなことを楽しむことができたのかな、と思うと、残念に感じることもあります。

ですから、発達障害の子どもに、いろいろな作品に親しんでもらいたい、と考える前に、「なぜほかの子が読んだり見たりするような作品を好まないのか」という理由をよく理解する必要があるのではないでしょうか。

そのうえで、頭ごなしに否定しないで、少しずつ興味の範囲を広げるような作品を選んで楽しめるように教育してみる、というのが大事なのかもしれません。

で、あおは今、補聴器の説明書を読みながら、**「これおもしろい！」**とボクに見せてきます。こういうのも楽しめるのかーと、さまざまな発見をもたらしてくれるあおは、おもしろいなーと思いつつ、補聴器の説明書を一緒に読むのでした。

時間はつながらない 8

あおは
怖い話が好きで
笑えるものから
マジな恐怖話まで
いろいろなネタをもって
います
廃墟に
エビフライが
飛んでたん
だよ！
タルタル
ソースつきで
エビフライの
幽霊?!
ある日
あおが…
そういえば
この間 Aさんが
言ってたんだけど
…と
話しかけてきました
ん…?
…Aさんって
3年前に
亡くなったって
聞いたけど…
この前
偶然
会ってね…
この前って
いつゥ!?

…
……
5年ぐらい前かな?
そーいえば
5年前はこの前じゃないよかなり前だよ!!
え―…
5年はついこの前だよ記憶もきれいに残ってるし!
Aさんの服の柄までクッキリ!!
そういうこと基準なの?―ってか記憶力いいな!?
あおの時間の感覚はボクと少々ズレている…と思うのです
いつものホラーなネタかと思ったよ
ドキドキ
ホラー?
キョトン…
なんで?
それでAさんがね

あおがもっている時間の感覚はだいぶ独特です。そのため、ときどき会話がかみ合わないことがあります。

これはボクだけではないようで、あお自身も「なんでかわからないけど、『この前』の話が友だちと通じないんだよね」と、ちょっと悩むことがあるようです。

「友人に『この前起きたケチャップ惨殺事件がね』と言ったら、『それ、学生時代の話だよね』とか言われて、話が通じないの」とか言っていましたが、あおの学生時代ってもう10年近く前ですね……。あと、ケチャップ惨殺事件ってなんぞ……？

漫画のエピソードでも

**「3年前に亡くなった人とどうやって最近会ったのさ!?」**

**「いや、5年前ってこの前だよね?」**

**「5年前はかなり前だよ！　しかもその人、亡くなってるから会えないよ！　ホラーだよ！」**

**「えーー」**

というオチだったりします。

かといっても、「時間のスケールをどう捉えるか」ってすごく難しい問題ですよね。

このことについては、「あおが言っている昔がどれくらい前のことなのか、具体的な年月日で聞く」ということが大変有効です。何度も書いていますが、あいまいな概念の見える化（定量化）がとても大事、ということですね。

「それ、いつの話?」と先回りして聞くことで、話に齟齬《そご》が生じるのを避けることができます。

ところで、あおは、「記憶は島」だと言います。あおも当然いろいろな経験をしていますが、その出来事一つひとつが「島」のように孤立していて、ほかの島（経験）とうまく接続されていない、地続きの感じがしない、とよく言います。

それは記憶がつながらず、今起きていることと、ほかの出来事を結びつけるのが苦手。だから、なにか問題が発生した場合、過去の記憶から対処法を見いだす、ということも難しいのではないでしょうか。

ただ、どうも「嫌な出来事」は、記憶とかなり強固に結びついているようで、**「どんなに体調が悪くても、仕事に行かないと怒られる」**と繰り返し言うのは、前職の経験などの影響があります。

「でも、今の職場は違うよね」と言っても、**「そうなのかなぁ……?」**と疑問形。「今」と「昔」の境界があいまいなため、過去のことは過去のこと、と捉えることもまた難しいように感じます。

また、昔のことを思い出すことに、あおは苦痛を伴うことが多いようです。それは、記憶のひも付けが難しく、余計なことも引っ張り出してしまうことが多いからだと言います。あおは**「記憶にフォルダ分けがない状態なんじゃないかな」**と説明してくれました。

人間の記憶というものは、繰り返し思い出すことで強化されていく性質があるようです。頻繁に過去の「嫌な思い出」だけが引っ張り出されるという状態は、負の記憶を強化するスパイラルを生み出しているのではないでしょうか。

それが続くと、「よかった、できた」という成功経験の記憶量と比較して、「失敗した、できなかった」という記憶量が圧倒してしまいます。これが、あおが自己肯定感をもてない理由の一つになっていると考えています。

それを乗り越えるためにも、「よかった」探しではないですが、あおが「自分は駄目だ」という理由を一つひとつ取り出し、**「いや、こういうこともできていたよ」**というように、正の記憶を増やしていく、強化していくのがとても大事です。

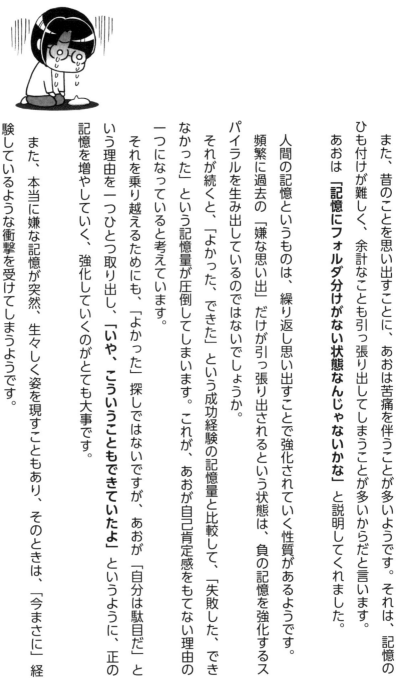

また、本当に嫌な記憶が突然、生々しく姿を現すこともあり、そのときは、「今まさに」経験しているような衝撃を受けてしまうようです。

確かにボクも急に昔のことを思い出して嫌な気持ちになることはあるのですが、あおのフラッシュバックは、それとは比べものにならないリアリティを伴う模様なのです。

そのようなときは、**「それは今じゃないよ」「今は大丈夫だよ」**と声をかけて、落ち着くのを待ちます。

できるだけ激しい情報をシャットアウトして、代わりにやわらかい情報を入れていくのが効果的なのかも、とも考えています。

このようなあおの「過去」の捉え方については、ボクは理解しにくいですし、あおも自分で理解しているわけではないのです。過去をうまく整理する方法は今のところ思いつきませんし、はたして可能なのか、ということもわからないのです。

ただ、あおの話を聞いていると、「過去の楽しい話」というのはさほど多くありません。「嫌な過去、つらい過去」ばかりが自然に出てくることが多いです。

それは負の経験の量が多いこともあるのですが、つらい経験ばかりがむやみに引っぱり出されて、脳の思い出す回路がつらい方向に強化されているのではないかと考えています。

もしこれが幼少期より適切な療育などを受けていたら、と思うこともあります。でも、そういう機会はあまりなかったようです。ですから、この先、少しでも「楽しい思い出」ができるよう、頑張っていきたいです。

耳せんで快適生活 9

な——や——む——
ん?
そんなメールがあおから届きました
欲しいのがあるの——
珍しく物欲が湧いてきている様子
あおはそんなに物欲がない人間です
もたないくらし
ア○ゾン
ア○ゾン
ボクなんかは物欲の塊なので趣味のものを買い込んでは
いつもあおに怒られるのですが
何が欲しいの?
ちゅー
イヤーマフ!!
いいのがあったんだー!!

ピポーン
添付ファイルで
画像が送られてきた
気に入ったら
買ったらいい
じゃない？
あれ？
でもイヤーマフ
持ってるよね
そこなんですよ
悩んでるのは
今持っているのは
海外の銃器メーカーが
作った射撃用の
イヤーマフ
銃声も防ぐ
高性能
だけど…
※使用例はイメージです。
あれ重いし
カサばるん
だよね—
あ—…

でも確かにすでに持ってるしもう一つ買ってもいいもんかなぁー
ーと思って
それで悩んでるのか…
ボクなら即買っちゃうケドね
必要か
必要でないか
欲しいか
それほどでもないのか
適正な価格であるのか…
などなど…
あおにとっての「買い物」は考える要素が多過ぎて大変なようです
うーん
うーん
カタログ
そもそも自分の判断でお金を使うことにも抵抗があるみたいだもんなぁ…
結局…

買いました
イヤーマフ♡
あ――
買っちゃった
いいじゃん
結構なお値段
だったみたい
だけど…
ちょっとね
でも生活を
快適にする
ためなら
お金は
使っても
いいよね？
と、言う
あおに
成長した!?
と思ったボクなのでした

ボクはデジタル機器オタクです。モバイルノートパソコンやタブレット、スマホが大好きな人間です。

しかも、流行りものではなくて、少々怪しげなものが好きです。うちに転がっているものをざっと見ると、ジャンク品を捨て値で買ってきて、自分でOSを入れたパソコン、どこのメーカーかもわからないまともに動かないタブレット（中古6000円）、工夫して音楽&動画再生専用機にした外国製のスマホ（2万円）などなど。

あおは、そんなボクの部屋を見て、

「なんでそんなの買うの!?　また変なものに金を使って！」

「いや、趣味だから仕方ないよね」

「あんたはなんでまともなものに、まともな金を払って、まともに使うという発想がないんだ！」

「そりゃ、キワモノが大好きだからです」

「うちもキワモノとよく言われますが」

「だからです」

「なら、そのジャンク品よりこっちに金よこせ、おらっ！」

とボクの腹に蹴りを入れようとします。さすがによけますが。

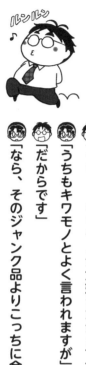

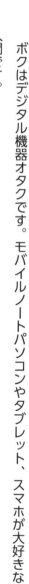

あおにそういうロマンというのをわかってもらうにはどうすればいいのでしょうね。

それはさておき、基本的にあおは「いいものを一つ買って長く使う」というスタイルを貫きます。しかし、例外は何事にもあるもので、あおは防音グッズは何種類も持っています。

あおの聴覚過敏については前作※でも触れましたが、あおは、高音域の音で頭を物理的に刺されたような痛みを感じるのです。

その痛みを軽減するために、さまざまな工夫をしています。

前回はノイズキャンセリングイヤホンを使っていましたが、電車内で装着していると、音を出していないのに**「音もれがする！」**というクレームをつけられることが何度もありました。

また、知り合いの発達障害の方からも**「専門の物があるよ」**と教えていただいたり、小学校の教育現場で発達障害の子どもがイヤーマフをつけている写真を見て、**「思ったよりかっこいいから付けてみるかー」**といろいろ探し始めたのでした。

付き合った当初は、「生活を快適にするためにお金を払う」という買い物はあまりできなかったのですが、最近は発達障害の特性による困難を克服するためにと考え、数週間は悩みつつもいろいろ買い集めたりしています。結構成長したなぁと思うのです。

※「ボクの彼女は発達障害 障害者カップルドタバタ日記編」

さて、これまで買った主な耳せん・イヤーマフなどを列挙すると
・つけているのがわからないくらいに小さな耳せん
・ノイズキャンセリング機能が付いたデジタル耳せん
・銃器メーカーが作った射撃場で使う大きなイヤーマフ
・子どもサイズの小さなイヤーマフ

それぞれ一長一短があり、
・小さな耳せん→目立たないけど、大きな音の防音効果は低い
・デジタル耳せん→遮音効果は高いけど、動くとノイズが入る
・大きなイヤーマフ→遮音効果は高いけど、重くてかさばる
・小さなイヤーマフ→大きなイヤーマフに比べると軽いが、性能は落ちる
というわけで、それぞれの場面に応じて使い分けているのです。

例えば、目立つのがＮＧな場所では小さな耳せん、部屋の中ではデジタル耳せん、移動中は小さなイヤーマフ、などです。
正確には、遮断できる音の種類も違うようなのですが、ボクは試せないのでわかりません。

ボクも雑音は本当にダメです。人工内耳の特性上、すべての音を増幅して拾ってしまいますし、※カクテルパーティー効果もうまく機能しません。その音の洪水の中からなんとか有用な声を探す、という感じで結構疲弊してしまいます。

ただ、ボクの場合は、人工内耳を外してしまえばほとんど何も聞こえない状態になるので、無音の世界に逃げ込むことは簡単です。

でも、聴覚過敏があると、「逃げる」ことも難しいわけで、あおはここでも疲れるよなぁ、と騒がしい所で人工内耳を外すたびに考えます。

ですから、いろいろなグッズで生活を改善していくために、あおの物欲をくすぐっていけたらいいなと思います。

「で、あお、なんで俺が何種類ものデジタル機器を持ってるのがわかった？　防音グッズにも一長一短あるように、それぞれのデジタル機器に一長一短が……」

「知るか！　どれも同じだろ！」

（しくしく）

※カクテルパーティー効果とは、騒がしい中でも、自分の名前や興味関心のある話題は自然と聞き取れるという心理効果。

地図が読めない 10

同棲を始めてから ある日の昼休み あおからLINEの メッセージが 届きました
ピコン
買い物 行ってきます ――!
今日は ボクが仕事なので 生活用品の買い物は あおの担当
一人で 買い物は ちょっと 心配だけど…
ガチャ
ガチャ
朝のうちに 何を買えばいいかは メールで 送ってあるし
ちゅー
今までも 買い物はしてる 店なので 大丈夫だろう
…と 思っていた 矢先
迷子に なったー!!
助けてー
何度も 一人で行った スーパーだろ
いったい どうしたの?
と、送信

猫について行ったら自分がどこにいるかわからなくなった
ねこ…
フラ…
…行くなよ!!
どうしよう冷凍食品も持ってるんだよ
うーん…
そうだ!
スマホに地図入ってるだろ? GPS起動させて自分の位置を確認してみな!
ピコン
ピコン
おお…自分のアイコンが表示された!
ピコン
ピコン
…でもここがどこかわかんない!!
地図の読み方がわからないらしいです

**「ごめんなさい……」**

タクシーに乗り込んだ直後、あおは消え入りそうな声で謝りました。

**「いや、無事でよかったよ」**

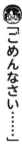

ボクはあおの言葉を受け流しつつ、深い安堵のため息をつきました。2時間にわたる大捜索の終わりでした。

同棲を始めて数週間後、あおは駅からボクの家までの道のりを覚え、特に問題なく行き帰りができるようになったころです。ボクの帰宅が遅くなり、あおが先に帰っている時間のはずなのに部屋にいません。

あおからは**「駅に着いたよ」**と連絡は来ていましたが、その後は特になにもありませんでした。家に着いたあと、コンビニにでも行ったのかなーと考えていたのですが、かばんなどもありませんし、家に着いた形跡もありません。

この時点でかなり嫌な予感がして、着替えもそこそこにＬＩＮＥで**「いまどこにいる？」**とメッセージを送りました。

しかし、何分たっても返事が来ません。数分おきに**「どこにいる？」「生きてるかー」**とメッセージを送りつつ、とてもやきもきしていました。

漫画のように、ちょっとした行方不明なら結構日常茶飯事です。

「猫について行ったら迷ったけど、別の猫についていったら帰ってこれたー」

「ちょっと待て、なんで猫について行くの?」

「うちの近くにすんでる猫だったから、家まで連れてってくれるかと思ったの。でも、よく見たら別の猫だったから、ほかの猫を探したら今度こそ近所の猫を見つけてね」

「なんでお前、人間の顔はわからないのに、猫の顔の見分けがつくんだ?」

「さぁ?」

という具合で。

しかし、ときどき深刻な行方不明になります。ストレスなどがかかると、記憶が吹っ飛び、いつの間にか知らない所にたどり着いていたりします。うつがひどいときは**「気がついたらビルの上から飛び降りかけてた」**という話を聞いたこともあり、今回もその発作が起きたのかと、気が気でなく……。

最初のメッセージを送ってから20分後でしょうか。**「ここ、どこ」**という返信がありました。「生きてた」「無事だった」という安堵が湧き上がってきましたが、そのメッセージからもあおが途中で意識をと飛ばして、どこか知らない所に行ってしまったのは確実です。

しかも、あおはこのへんの土地勘は全くないですし、地図が読めません。というか、地図というものが何かわかってない節があります。

**「以前、友だちと遊びに行くとき、地図を持って行ったら怒られたのは、理不尽だよね」**

**「どこに行くとき、どんな地図を持って行ったの？」**

**「都内に遊びに行くとき、日本地図持って行ったの、小学生のころに使ってたアレ」**

**「そりゃ怒られる！」**

というエピソードもありました。

空間認識力うんぬんの前に、「地図というものがどういう役割を果たしているのか」からして理解できてないのでは、と考えています。

ですので、ＧＰＳが使えるスマホがあっても、活用の仕方がわからないどころか、情報がごちゃごちゃしていてさらに混乱します。

これまでどうやって地図を読まずに生きてきたのかは疑問なのですが、なんとなく着いてしまうとか、見つけてもらってことなきをえる、ということで乗り切っていたようです。

話を戻して……LINEがつながったあおとメッセージを繰り返しているうちに、徐々に我に返ってきたのか、**「ここどこ!?」**というスタンプを使うようになり、だいぶ受け答えもはっきりしてきました。

LINEには現在位置を送る機能がありますので、その使い方を教えて、今いる所を把握しようとしました。そうしたら、なんと家から3時間も歩かなければいけない所にいたのです。しかも、交通量の多い道路で、そこに立っていろとも言えません。言われたとおり本当に立ち続けて事故に遭う可能性もあるからです。

この時点で、あおに最初のメッセージを送ってから1時間はたっていました。

ボクはスマホの地図アプリを開き、近くのわかりやすくて安全な所を探しました。その結果、あおのいる所から歩いて15分の距離にアミューズメントパークがあることがわかりました。そこに誘導すれば、とりあえずの安全は確保できます。

あおが今どちらに向かっているか確認をして、やっとアミューズメントパークの方向へ歩かせることに成功しました。

その後、ボクはタクシー会社に電話をかけ、なんとかボクとあおをピックアップして往復してもらうよう手配できました。ちなみに、ボクは一応電話はできますが、健聴者のようにスムーズにできるわけではありません。こういう緊急時以外はほとんど電話を使いません。

タクシーを待つ間もＬＩＮＥでメッセージのやりとりを続け、あおに細かい指示を与えつつ、やっとアミューズメントパークまで誘導。そこで待っていて、という指示をして、20分後、あおをなんとかタクシーでピックアップし、冒頭に至るわけです。

落ち着いたボクは、あおに**「どうしたの?」**と質問しました。

あおは**「一本道を間違えたみたいで、いつもの道にたどり着けなかったのね。それで戻ろうと思ったんだけど、戻っても全然違う道に出て、さらに進んだんだけど、さらにわからなくなって、不安になっていつの間にか意識が飛んでいたの」**と説明してくれました。

帰宅時間には暗くなる季節でした。周囲の情景が異なって見えたのも原因のようです。ボクは**「なるほどなー」**と納得して、とりあえず死にたいとかそういうストレスが原因でないのがわかり、ほっとしたしだいです。

こんなことがあってからは、あおが駅に着いてから家に帰るまで、ランドマークになる所のどこを通過したかＬＩＮＥでやりとりするようになりました。今のところ、同様のトラブルは起きていません。

なお、この事件の翌日、あおが脚の筋肉痛でうめいていたことをご報告しておきます。

鏡が怖い 11

ある日 あおが 言いました
キミ今 めっちゃ オタクっぽいよ
? いや オタク だけど?
それは知ってる そーじゃなくて
見た目が オタクっ ぽいの!!
悪い意味で!
オタクであると オタクっぽいは 違うのか…
主に髪が オタクっぽい!!
ビョンッ
ボクは 髪を切るのが 嫌いです
ちょっと… 伸び過ぎたかな

だって
人工内耳と
メガネも
外さなきゃ
いけない
イヤン
イメージ図
むきくらげ!
会話もできず
視界もきかず
という状況で
ジッとしてる
という苦痛!!
なので最小限に
その時間を短縮
すべく…
うごかない
でねっ
ハイ…
ボクは家の近くの
1000円カットを
利用しています
なんと
所要時間10分!!
どう?
スッキリ
スバラ
シイ…
じっ
¥1000
スピードカット
¥1000

実は あおも系列店の利用者
ちょっと切りすぎた
女のコがああいう所に行くのって勇気いるんじゃない?
男の人ばっかりだし
——と聞くと
いや 全然平気! 美容院より安いしなんてったって楽だからね!
じっと座ってるの耐えられないし雑談するのも苦手だし
そもそも髪とか触られるのもストレスなんだよね
うううう…
だから サッサと終わらせてくれる1000円カットは助かる
なるほど
——とのこと
ただねー
そんなありがたい1000円カットでもクリアできない問題が一つ…

それは……
鏡の前に座らされること
なぜ？鏡が怖いの
わかんない…
ただ…見ていると
ぐる
ぐる
ぐる
ぐる
不安になってくるんダ…
なるべく見ないように目をつぶってるんだけどね——
店の人は見てほしくて置いてあるんだがなあ…
快適な散髪への道ははてしない…

あおもボクも髪を切るのは嫌いです。

ボクは人工内耳もメガネも外して、ほとんど何も見えず、何も聞こえない状態で拘束されているのがストレスです。

あおは、まず知らない人に触られるのが嫌いですし、髪の毛を切るざくざくした感覚も駄目なようです。さらに多動もありますので、長時間椅子に座っているのが結構苦痛のようです。

というわけで、二人が利用するのは10分1000円のヘアカット専門店。

あおは、**「消費税が上がったから1080円※になったよね、1000円カットじゃなくない？」**とか言いますが、呼称は1000円カットです。

「100円ショップが108円※なのと同じだよ」とあおには言っていますが。

さて、あおが髪をカットするにあたって、ほかの人からはあまり聞かない特性が一つあります。それは「鏡が怖い」というものです。

確かに、真夜中に自分の顔が急に姿見などに映るとびっくりすることはありますが、あおは鏡そのものが見られないのです。

「鏡を見ているとなんか不安になってくる。どうしてかわからないけど」とあおは説明するのですが。うん、ボクもよくわからない感覚です。

※消費税8%当時の表記ママ。

鏡が怖いという症状に、醜形恐怖症というものがあるそうです。これは鏡などで自分の顔や外見上欠点があると極端に思い込んで恐怖を覚える症状。

しかし、あおに**「自分の顔が醜いとか思ってるのか？」**と聞いても、**「そもそも自分の顔がわかってないから、醜いも何もないなー」**と、そういう強迫観念的なものはない模様。

むしろ、「顔がわからない」ということが理由な気がしています。前作にも書いたとおり、あおは人の顔があまり認識できません。ただこれは、顔を見て覚えていられないという問題のようで、見ている瞬間は「どういう顔だ」というのはわかるようです。だから、あくびとかしているときに**「あんたの顔、今すっごく不細工！」**とか罵倒してくるんですけどね！

鏡を前にすると自分の顔が映りますが、自分の顔が「何か」なのかを理解できない。その「何かよくわからないもの」が自分の動きそっくりに動く、というのも怖い原因ではないのかなと考えています。

また、鏡を見ると、自分の像と目が合いますが、あおは人の目を直接見ることも怖いようです。あおは対面した人と目を合わせているように見えても、実のところ、口や眉間に焦点を当てていることが多いのです。

あおは、人の目を意識すると緊張します。この原因まではよくわからないのですが、鏡を通して目が合ってしまうことも、鏡が怖い理由の一つかもしれません。1000円カットなら最小限の時間だけ目をつぶっていれば大丈夫、というのも愛用する決め手の一つです。

補足ですが、あおが髪を切るときは、自分のいつもの髪形をカードに貼り付けて、**「このとおりにカットしてください！」**と注文するのです。ですが、その写真が結構短く刈り込んだときの写真らしく、毎回**「切りすぎたー！」**と嘆くのです。

そして、あおが髪を短くすると、本当に男の子にしか見えないのです。

そりゃ、以前にあおと一緒にいて**「息子さんですか？」**と聞かれるのもやむなしですね。ボクの顔が老けてるだけかもしれませんけど！

そしてあおは部屋で粘着クリーナーで掃除をしながら、**「最近、毛髪が大量に落ちてるんだけど、あんたが散髪いらなくなる日は近いね！」**とか笑顔で言うので、ボクは心底震えながら頭皮をマッサージするのでした。

美しさの価値基準 12

あおがうなりながらカタログを見ています
うー
うー
今度は何が欲しいの?
携帯電話の会社からカタログが送られてきたんだけど
PHONE
強力ラインナップ
どーん
ガツンと頼れる!
君だけの1台
ついに出たんだよ~!!
オイラの相棒にふさわしいスマホが!!
???

これまでもあおはスマホを持っていましたが
壊れそうで怖いな――
メール、SNS LINE用と分けて使う
時々どっちがどっちか分からなくなる
――と用心のため常に2台持ち歩いていました
これなら1台でも壊れないと信じられる
スマホなんてそうそう壊れるもんでもないと思うけど…
いやいや投げたら壊れるでしょ?
いやいやいやいや!スマホ投げるもんじゃないし!
でもさ右手にゴミを持ってて
左手にスマホ持ってるとするじゃない?
ゴミ
で、ゴミをゴミ箱に投げ捨てるとするよね
ぽーんと
ゴミ箱

するとアラ不思議
なぜかスマホがない!!
やらねェよ!!
ゴミ
やらない？でも友だちも右手にカップ麺左手にゴミを持ってて
ゴミを捨てたつもりがカップ麺のほう捨ててたって…
それは類は友を呼ぶというヤツだ
それはともかく…
オイラにふさわしいタフなスマホが欲しいわけよ
たたきつけても壊れないの!!
欲しいのはわかったけど…

このカタログのは
ちょっと
女子が持つには
ゴツ過ぎないか?
いや
そこがイイ!
ゴツいほうが
カッコイイ!
厚くて重くて
ゴツくて素敵
ふふう
美しいよ
機能美の
極致だね…
あおの基準では
スマートで色鮮やかとか
オシャレでカワイイとか
軽くて多機能…などより
壊れなさそう!!のほうが
上なんでしょうね
その翌日—
うふふ…
買った…
買って
もうた…
とメールが
来ました
いつもは
買い物では
悩みがちなのに
……
びっくり
よっぽど
欲しかったんだ
な——!
このスマホが
美しいかどうかは
ともかく…
あおは満足そうです

あおは持ち物を実用一点ばりで選ぶことが多いのには、これまでも何度か触れていますが、その極めつきともいえるのがスマホです。

とにかく、「ごつい」のを使っています。なんでもスマホ史上最強のタフさとか、米国国防総省の品質基準を満たしているとか、そんなうたい文句が真っ先にくるスマホです。

手の小さいあおが使っていると、厚みがあって使いにくそうなのですが、特に問題はないとのこと。むしろ**「最近の薄いスマホって、折れたりなくしそうで怖いよね」**とか言ってます。

そんなのを使っている理由は漫画にあるとおり、スマホを投げるからなのですが、開発者も「間違ってぶん投げるのを前提に」と聞いたら驚くかもしれません。

ところで、あおはあんまりスマホアプリを入れない人です。ボクはとにかく気になったら手当たりしだい入れるのですが、あおは必要最低限のものを厳選している感じです。

「だって、あんまり入れると何を入れたかわからなくなるし、いろいろ覚えられないしね」

「ゲームとかは入れないの？　最近は無料でできるゲームとかあるけど」

「ゲームはテトリスとかしかできないよ。しかも、やり始めると夜が明けてたとかあるから入れたくないんだよね」

「なるほど」

「あんたはなんでそんなにアプリ入れるの？　管理しきれてないっしょー!?」

となぜか怒られるのですが…。

あおのスマホの使い道は主にLINEとツイッター※、Facebookです。特にLINEですが、あおは電話が苦手です。これまではメールをメインに情報のやりとりをしていましたが、やはりLINEの即時性はかなり便利なので、すでに手放せないですね。ボクはここ数年で訓練して、電話はある程度使えるようになりましたが、やはり苦手。そういうわけで、ボクとあおの連絡手段はLINEがほとんどです。

あと、LINEが便利なのは、既読機能。あおが非常に不調だったりすると、ほとんどコミュニケーションが取れなくなります。そういうときはLINEに**「大丈夫か？」**と投げて、既読がついていればまだ大丈夫だし、何度送っても既読がつかないと「本気でやばいな」と察することができたり。そういうバロメーターにもなっています。

スマホは、利点もトラブルもいろいろありますけど、自分なりの使い方を開発してもおもしろいかもしれませんね。

※現X

人間関係はフォルダ分け 13

——みたいなのは
ないね
どうしてケンカしないんだろ？
知らんよ——
面倒くさいしケンカするくらいならこちらから捨ててるし—
…なんかとても恐ろしいことを言われたような気がします
リーチ一発
あおは、この人とは関係がうまく保てないと思ったら
ゴミバコ
スーッ
知人
友人
ネット
しごと
くらげ
「脳内のフォルダから削除」するしかないと言います
それぐらいザックリ処理しないと扱い切れないらしいです
ボクもキミの中のフォルダから削除される可能性もあるワケ？
オロ
オロ
どうだろう——？
人間関係は複雑ですからね

あおの人間関係の整理法は独特なのかどうかはよくわからないのですが、本人いわく**「フォルダ分け」**だそうです。「友だち」「家族」「仕事の人」としっかり区切っていて、特に友人フォルダには「親友」「知り合いレベル」というふうに区別しています。

というとたいしたことがないと思うのですが、あおの中では「友人の彼女」だったり「親の知り合い」となると「フォルダがない」ので、どこにその人を収納していいのかわからず、その人を覚えたりするのが大変難しい、とのこと。

「すでにあるフォルダ以外を増やすのは難しいなー」とか言っています。

さて、あおにボクの友人を紹介する機会は多いのですが、

「○○っているじゃん。俺の友人の」

「あ、あの日本人ぽくない人ね、知ってる知ってる」

と返ってくることが多いのです。

「お前、『彼氏の友人』とかいうフォルダでもできたのか?」

「いや、アンタの友人はみんな『変人フォルダ』に入れてるからね」

「俺の知り合いみんな変人かよ!?」

「そうだよ！　自覚ないの!?」

とかまぁ、すんげぇ失礼なことを言いやがってる気がしますが……。

ただ、あおが人間関係をフォルダ分けするのには、ほかに理由があって、**「人間関係を整理するときに便利」**と説明しています。

「だって、その中身をいちいち整理することができないから、関わりがないのは全部消しちゃうしかないからね」と言うあおは、さっぱりしてるようでちょっと寂しそうでした。

「逆に言うとさ、ボクもキミの中のフォルダから削除されることもあるわけ？」

「どうだろう……アンタの場合は、かなり特殊なフォルダに入ってるからね……。わかんないなぁ」

できればフォルダから出される日が来ないことを祈りますけどね！　努力しますけどね！

「普通」に見えるという難しさ 14

うん それは わかってる
でも 一見「普通」だと 全部「普通」だと 思われがち じゃない?
それで 困ることもある よねって話
で、何かの拍子に
お前は「普通」じゃない!!
って 怒られたり するんだよね
?
?
怒られるときに「ハイそーです 普通じゃありま セーン♪」とは 言えないよね
さすがに
なるほど
カミングアウトする タイミングの問題も あると思うよ
その タイミングが また難しいん だよー
あー「普通」に なりたーい
「見えない障害」の ある人なりの悩みという ものも あるものです

ボクの趣味の一つに音楽鑑賞とカラオケがあります。
この前もあおと**「○○の新曲が出て、ビデオがオフィシャルページにアップされてたよー」「おー見る見る！」**と盛り上がったり。
というようなことを、ボクのことをあまり知らない人に言うと驚かれます。**「くらげさんは聴覚障害があるんでしょ？　音楽が聞こえるの？」**と。
その答えは簡単で、**「ボクは聞こえる音と聞こえない音があって、聞こえる音を楽しんでいるんだよ」**。

音というのはいろんな周波数が混ざっているものです。そして、聴覚障害者の大半は、すべての周波数が同じように聞こえない、というわけではないのです。
ボクの場合は、低音域はほぼ定型発達者と同じ程度に聞こえるのですが、高音域は全く聞こえません。音楽でいうなら、ドラムの響きはわかっても、ギターなどはうまく認識することができません。
一方で、高音域はよく聞こえても低音域が全く聞こえない人もいます。このような方とボクでは、音楽の好みは全く違うものになるでしょう。

ボクが聞いて心地よい、と感じる音楽は普通の人より幅がものすごく狭いようです。実際、年に2～3曲見つかればよいほうです。ただし、気に入った曲は、10年にわたってほぼ毎日繰り返し聞くこともあるのです。

そういう事情を含めて「ボクは音楽が好き」ということなのですが、これは「普通に音楽が好き」ということになるのでしょうか？ ならないのでしょうか？ みなさんもちょっと考えていただければと思います。

さて、あおがよく他人から言われる言葉に**「発達障害だけど普通に見えるね」**というものがあります。

これを聞くたび、ボクの「音楽が好き」ということと重なってしまいます。

あおは確かに、なにか障害があるようには見えません。しかし、あおの感覚や動きは常人には理解し難い苦痛・困難を伴うことがあります。

「でも、普通にできてるじゃない」という第一印象は、なかなか拭いがたいもので、何かの拍子であおの発達障害によるトラブルが起きると、その落差にたいへん驚く方もいます。

ボクが音楽を聞いている様子を見た人が、実際にボクと話してみると、ボクの話の聞き間違えや聞き返しに驚くということもあります。

そのような「普通に見えること」と、「実は普通＝定型発達でないこと」のギャップで混乱する方は少なくありません。

ボクは自分の障害を人に説明するのはそんなに苦痛ではありませんし、なぜそうなのかはよく理解しています。聴覚障害という障害の認知が進んでいることも、相手に理解してもらいやすい一因です。

しかし、あおのような発達障害の場合は、まだ世間の認知が進んでないこともありますし、本人も「ある程度こういう特性がある」というのを理解していても、そのことをうまく伝える能力があまりないことも多いのです。

ですから、「普通でない」ということをなかなか理解してもらえない。前もって言ってあってもトラブルが起きて初めて「何ごと!?」とびっくりしたり怒ったりするわけです。

「普通に見える」ということは、「逆に」損なこともあるのです。

この「普通に見える」「障害があるように見えない」ということは、発達障害の理解が進みにくい原因かもしれません。

例えば、聴覚障害者なら「手話」なり「補聴器」なり「人工内耳」なりのある種のシンボルを持っています。良くも悪くも、「シンボル」が障害を知るきっかけになることがあります。しかし、発達障害者にはそのような「シンボル」は、今のところ無いのではないでしょうか。

あおは「普通になりたい・普通に見られたい」と「普通でない状態を認知してほしい」という二つの間を常に揺れ動いています。

一つは「普通であれば、怒られたりけなされたりしない」という欲求。もう一つは「普通でないから苦しい」という事実ですね。

**「なんか、その二つを一気に解決できるシンボルとかないかねぇ」**

とあおは腕組みしながら考えているのですが

**「んなもんねぇよ！　たぶん！」**

とボクはずばりと切り捨てていたり。

「障害をどう見せるか」「どうやって知ってもらえるのか」、人それぞれの考えも症状もありますので、これがよい、というのはありません。しかし、「障害を隠すこと」が「恥ずかしい」や「不利益になる」原因となる、ということは起きてほしくないなと願います。

Column

役に立つ機器は積極的に使ってみる

梅永雄二

この章では、あおさんが音の刺激に敏感なシーンが出てきます。

自閉スペクトラム症の人は音だけではなく、光、におい、味、触覚などあらゆる感覚刺激が、定型発達の人と異なることが多いようです。とりわけ音に敏感です。古典派時代の音楽家であったアマデウス・モーツァルトも自閉スペクトラム症であったといわれていますが、音楽をなりわいとしているモーツァルトでさえトランペットの高い音域は苦手であったそうです。

よって、イヤーマフやノイズキャンセリングヘッドホンなどは、視力が低下した人のメガネのように自閉スペクトラム症の人たちにとってはとても役に立つものなのです。

また、あおさんがよく道に迷ってしまうことが示されていました。発達障害の人の中には視空間認知に障害があり、前後、左右、上下などに困難を示す人がいます。そのような場合、高いビルやデパート、駅、交番、郵便局、銀行など、どこか1か所を決めておき、迷ったらそこに行くと練習しておくといいと思います。

スマートフォンのＧＰＳ機能は慣れると使いやすいので、常に位置情報サービスをオンの状態にしておき、ＧＰＳ機能の使い方を練習しておくのもいいでしょう。そして迷ったら人に聞くということも必要です。近くに交番がなければコンビニや商店などに援助を求めることも決して恥ずかしいことではありません。

第3章
就職活動は
ドタバタ！

履歴書には何を書く？ 15

その後実習をやり直しなんとか資格を取得
就職活動を始めたのですが…
カチーン
履歴書を書くところでもうつまずいた
学歴や住所を書くのはいいんだけど
自己PRとか趣味の欄をお約束どおりに埋めることができなかったらしい
そういうのは…ホラ
本とか見て無難に書いとけばいいんじゃない？
めんたつみたいな本
だってそれじゃウソになっちゃうよ
自分のいいところなんかわかんないし趣味もないもん
ウソはいけないよね
キッ
志望動機には「お金が欲しい」「無職はイヤ」と書いたそうです
うーむ

前作の発売から、ボクとあおのSNSにさまざまな質問・感想が寄せられました。特に質問が多かったのが**「あおさんはどうやって就職したの？」**という内容でした。

そこで、あおに聞いてみました。

**「あおー。キミの就職活動ってどんなことしたの？　特別な配慮とか受けたの？」**

**「就職活動ってなにそれ？」**

はい、見事に参考になりやしません。

**「いや、就職するためにいろいろ活動するやん。履歴書を書いたり、面接を受けたり」**

**「あーあれね。一応やったけど、いつの間にか就職してたから、あんまり覚えてないんだよね」**

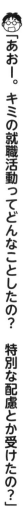

やっぱり参考になりやがりません。

特に前職ですが、あおは高校時代に介護福祉士とホームヘルパー2級の資格を取得していました。ですから、就職先も福祉関係、というのは決めていたそうです。

とはいえ、最初に「履歴書を書く」という困難に突き当たりました。学歴や住所を書くことはできるのですが、自己PRや趣味を書くことができなかったといいます。

「ウソは書けないからねー」と言いますが、あおは自己分析もとても苦手ですから、その意味でも「書くことがわからない」ということだったのでしょう。

見かねた高校の担任が徹底的に履歴書の記入方法について指導をして、なんとか無事、履歴書はできあがった模様です。

「で、それから履歴書をいろんな福祉施設に送ったわけだ。履歴書を送付した福祉施設を選んだ基準とかあったの？」

「通勤できて、待遇がよさそうなところならどこでもよかったかな」

「自分が長く働けそうとか、適性がある職場とか、そのあたりは考えたことはなかった？」

「そういうことは全く考えてなかったかな。そもそも、福祉職を選んだのも、高校が福祉系で、そこしか入れるところなかったからなぁ」

高校のときのあおは、「自分は発達障害かもしれない」とは漠然と感じていたようですが、それが「仕事をするうえで問題になる」ということは意識していませんでした。

自分に気になるところがあるとは思いつつも、発達障害という自覚はなく、また、あおの周囲も「ちょっと気になるところがある子」という認識で、「最初は仕事に問題があっても、慣れればなんとかなるだろう」という楽観的な見方をしていました。

「その状態で社会に出るということに対して不安はなかったのかな？」

「うーん、勉強嫌いだったから大学に行くという選択肢はなくて、でも無職でいるのが嫌だったから、いやおうなく仕事しなきゃいけなかったんだよね。もちろん、不安はあったけど、なんとかなると思ってた」

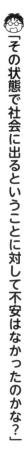

あおはさまざまな福祉施設に履歴書を送付しました。その反応はというと、10社に送って、8社は履歴書の選考の時点で落ちました。

あおは**「字が汚かったから落ちたのかなぁ」**と振り返っています。

実際、発達障害の方には字がきれいに書けないという場合があり、それで面接までたどりつけないケースも多いと聞きます。現在はパソコンで作った履歴書も受け付けるところが多いですが、このような企業を選んで履歴書を送付するというのも一つの就活のコツですね。

その中で、面接を受けられた2社ですが、「志望動機」や「自分の長所・短所」をかなり細かく聞かれたため、しどろもどろになってしまいました。面接指導は受けていたようですが、想定外のことを聞かれたため、そこはどう答えていいかわからなかった、と言っていました。

その結果、当然ですが、採用されませんでした。

そして、就職が決まらないままに高校を卒業してしまいましたが、なんとか就職活動は続け、卒業した年の5月に、ある福祉施設から面接したいとの連絡がありました。

結果からいうと、ここに採用されました。

「どんな面接内容だったの？」

「面接で最初から所長がいてね、なんでか覚えてないんだけど、ほとんど雑談だった」

「え？　雑談？　志望動機とか聞かれなかったの？」

「聞かれたかもしれないけど、ほとんど所長と雑談しててね。で、落ちたと思ったんだけど、なんでか採用されちゃった」

「えーと……なんで？」

「あとで聞いたら所長が、『あおさんは雑談がおもしろかったから採用』ってツルの一声で決まったらしいよ」

というわけで、なんだかんだあって、あおの社会人生活が始まるのでした。

やっぱり、みなさんの質問に対して、あんまり参考にならないお話でした。多くの就職活動のようにはいかない、というのは確かですが……。

マニュアルにないときは!? 16

例えば人の顔を覚えられなくて配膳を間違えてばかりいたとか?
それもしやらかしてたらクレームになってるよ!
ナイナイナイ
介護施設の利用者の人はいっぱいいるしパートさんも入れ替わるからそのへんの管理はシステム的にされてた
ネームタグが何にでもついてる
カクニン
大体ほかの人だってそんなに顔とか覚えてやってないよ
むしろ自分はよく覚えてたほう!歯とかメガネで見分けてたし!
ああ!そうだったね
※このエピソードは前作「障害者カップルドタバタ日記編」を、ご覧ください
宣伝
じゃあメモをうまくとれなくて指示をよく忘れたとか
メモかぁ…
確かに自分ではとってなかったけど
でも最初の上司は自分でメモにして渡してくれたから

ん？最初の上司は？
そう その人は申し送り書もキッチリ書いてくれる人だったし
指示もわかりやすく出してくれるし
トラブルが起きたときも知らない間に片づけてくれた
かたまっている
はわわ
まかせろ
でも その次に来た上司が……
あおの顔がどんよりと曇りました
あおにとって指示がわかりにくいタイプだったわけか
それもあるけど……
メモくれないし
部下なんだからそっちが気づかいしてアタリマエって態度でいろいろなこと要求してくるし
そもそも相性というかウマが合わなかったんだよね
どういうことで合わないって思ったの？

何かにつけてマニュアルどおりに仕事しろって怒られてたのね
どーしてもできなくてさ
えっ…えっ!?
発達障害の人ってマニュアルがあるほうが仕事しやすいんじゃないの?
そういうもんだと思ってた
作業的なものはねこれが正解っていうのがあると助かるけど
でも施設にいる人はヒトじゃん? 生物《ナマモノ》じゃん?
そうそうマニュアルどおりにはできないんだよ——
ほかのスタッフがどうやってさばいていたのかはわかんないんだけど
うーむ
なんかそのへんに秘密がありそうだな

あおが福祉施設に就職するまでドタバタが続いたわけですが、あおが就職してからもドタバタは続きます。

福祉施設は高齢の方に接する仕事ですから、人の顔が見分けられないあおにはとても不向きな仕事に思えます。しかし、本人なりの才覚と工夫と気合いで乗り切ってきました。

働くうえで、あおの一番の問題は「マニュアル化された動きができない」ということでした。「マニュアル化」は、発達障害のある人には、仕事をするうえでとても有効なことであると本で読んでいたボクにとって、これは不思議でした。

「なんで、マニュアル化されてたのにダメだったの？」

「マニュアル化されてても、目の前に業務ルーティン以外のところで困ってる人いるじゃん？　そういうのはマニュアルにはないわけ」

「そういうときはどうしてたの？」

「んーウチは『人の気持ち』がわからないから、『自分だったらこうしてくれるとうれしいな』と思うことをそのまんまやってみるわけね。そうするとだいたい利用者には喜ばれるんだけど、上司とかに怒られるの」

「じゃ、ルーティンワーク以外しない、という選択肢はなかったの？」

「実際に目の前に困っている人いるじゃん。そうなるとそれしか目に入ってこなくなって、ほかの業務のことは頭から消えちゃうんだよね。マルチタスクできないし」

「あー目の前のことでいっぱいになっちゃうのね」

「そうみたい。だから利用者からはけっこう人気あったし、仕事そのものは楽しかったんだよね。でも、上司や同僚とうまくいかなくて、精神的に圧迫されてたし。手先の不器用さとか物事の順序をうまく考えられないとかで、人より仕事できなかったのはあってね」

あおは5年間、介護施設で働いたあと、最終的にはうつが悪化し退職するに至りました。当時はまだ発達障害の認識が進んでいませんでしたし、あお本人も「発達障害」という自覚はありませんでした。そのため、「使えないヤツ」という一面的な見方が上司・同僚にあったかもしれませんが、あお自身は「利用者のため」に必死でした。

このギャップを乗り越えられなかったゆえの退職、ともいえるかもしれませんね。

発達障害の有無にかぎらず、「何のためにそれをやっているのか」を理解しつつ、サポートし合える関係を築ければ、仕事がやりやすくなるかもしれないなと考えてしまうお話でした。

就労への移行支援 その1 17

前の職場を秋に辞めて無職になったあおは…
サヨナラ
精神的に不安定になり
仕事をしていない自分はダメだ……
生きる価値がない…
1年近くも自分を責め続ける日々を送っていました
支えてあげようにもどうしたらいいかわからず
ボク自身も仕事で手いっぱいの時期…
そんなとき…
ん?
仕事で調べものをしているときに
ふと目にとまった
それは……
「就労《しゅうろう》移行《いこう》支援《しえん》事業《じぎょう》」?

※一般就労を目指す障害のある人が就労支援を受けることができる事業
これはいいかも…!!
※一般就労とは障害者福祉サービス事業所などの福祉的就労ではなく一般の企業などへの就職
もちろんすべての障害のある人が就労すべし!ということではないのですが
あおは〝仕事のできるワタシ〟にこだわっている
だったら仕事への道を示してあげたら体調も好転するかも…
よっしゃあ
あおには 仕事が必要だと思いました
早速 あおに伝えてみると
どう?
うーん
なんか自分が〝福祉サービス〟を受けて就職するとかイメージが湧かないんだよね
ーと意外なことを言われました
えっ

どうやら あおは「発達障害」だという自覚はあっても
自分なんかのために
福祉なんて…
自分さえしっかりすれば
自分…
自分…
「障害福祉サービス」を受けるほどではないと、思っていたようです
この時点ではね
そんなあおを説得し……
必要な手助けなら堂々と受けていいんだよ
ボクもついていくからっ
うー
なんとか一緒に就労移行支援の事業所に行く約束を取り付けました
しかし、その矢先あの東日本大震災が発生──!!
あおの精神状態が悪化したり
ボクの異動
忙しー
…いろいろあって
不安でぐるぐる
今はムリです
主治医の判断
やっぱいい…
えー
実際に通い始めたのは1年以上もたった年末になってからでした

あおが介護職を退職する前、あおのうつは深刻なまでに進行していまして、上司との関係も完全に崩壊状態。あおはこの上司と一緒に仕事をする日は、何日も前からおびえている状態でした。

また、あおの家族もいろいろ感じ取っていたようで、**「仕事辞めたら?」**と背中を押されたことで、その後退職しました。

無職になったあおは、ハローワークなどに行くのですが、

「この前、ハローワークの面談受けてきたんだけど、なんて言われたと思う?」

「さぁ、紹介できる仕事はありません、とかそういうやつ?」

「なんか、職業適性テストの結果を見ると、あなたは働くのに向いてないですねって言われてさー」

「……どないせいと?」

「さぁ? ふざけんなーって思ったよ!」

とかいう、ハローワークの対応もあり、あおはますます「自分は職にも就けず、死ぬしかない」というところまで自分を追い込んでしまいました。

そんななか、ボクが当時の仕事の関係で障害者の就労について調べていたとき、「就労移行

支援事業」というものがあるのを知ります。

「あおは、仕事をしないとますます精神的に落ち込んでしまいそうだなぁ」と常々感じていましたので、このサービスについて調べてみると、あおもほぼ無料で利用できると判明。

これならいけるのでは……と思った矢先、あの東日本大震災が発生しました。この地震の影響であおの精神状態がズタズタになってしまいました。主治医も現況では就労訓練すら難しいと判断し、再就職どころではなくなってしまいました。

そして、その年の秋に決定的な事件が起こります。あおが自殺を図ったのです。落ち着いてから話を聞くと、やはり**「失職して1年もたつのに何もできない自分は死んでしまったほうがいいと思った」**というのです。

この事件をきっかけに、ボクはあおに再就職を目指してもらう必要がある、と強く決意し、ほとんど無理やりに就労移行支援事業所にあおを連れて行きました。

そこでいろいろ説明を聞き、「ちゃんと就職できるなら、ここで訓練してもいいかも」と、考えられるようになったあお。

その後、主治医から就労支援を受ける許可を得て、就労移行支援事業所へ通い始めたのでした。

就労への移行支援 その2 18

※イラストはイメージです。

そして就労移行支援事業所で
こんちわー
コンニチワ
ほかの障害のある方と関わっていくことで
あお自身が障害理解を深めていきました
そうなんだー
半年後…
このころには安定して週5回も通い
訓練への態度も真面目だと評価されていました
支援員Uさん
そろそろ実習に行ってみますか?
実習!?
ーってなに?

実習とは—
実際に
企業に行き
本番と同じ環境で
仕事をすることで
就労の具体的な
イメージをもつことと
自身のスキルアップを
目指すもの
事業所
工場
お店
農家さんなど
あおが
行くことになったのは
とある印刷会社
主に名刺の
検品と
カッティング
マシンの給紙を
担当しました
自閉スペクトラム
症という特性からか
あおは
一つの作業に
取り組むのが得意
もく
もく
その会社の
社長さんからも
とても
集中力があり
スピーディー
かつ丁寧!
と
好評価をいただき
さらに
あおが実習中に
作った名刺の
デザインが
とてもよい
出来だったとして

なんと
その会社から
ええっ
うちで
働きませんか?
おおっ
——と
オファーが!!
本当
なのかな?
ドッキリとか
じゃないよね?
オロオロ
んなワケ
ねーべ!?
でもよく
カクニンを
ドッキリ
ではなく…
トーゼン
ですが
5か月間の
実習の終了後
おめでとうー
ありがとー
晴れて
正社員として
採用されたのでした
もちろん
すべての人に
仕事が必要とは
限りませんが
仕事で
必要とされる
ことで
やる気の
芽《め》っ
あおは自分に誇りを
もつことができたのです

就労移行支援事業所の支援員Uさんはとても親切な方で、あおをいろいろと励ましてくださいました。そこで、あおは再就職に対して希望をもてたようで、失業して以来初めて、将来のことについて「なんとかなるかも」という期待を口にするようになりました。

しかし、1年間もほとんど引きこもっていたあおにとって、まず最初の問題は、朝起きて、1時間かけて就労移行支援事業所に通う、ということでした。

当初は週3回からの通所だったのですが、あおは**「朝がつらすぎる……」「行けない……」**というようなメールをよく送ってきて、ボクも励ましのメールを送り、なんとか通所できるようになりました。

就労移行支援事業所では、主にオフィスソフトの使い方を学んだり、ビジネスマナーの勉強をしたり、障害のことについて学んだりしたようです。

半年たったころには安定して週5回通所し、訓練への態度も真面目だと評価されていました。その結果、近くの名刺印刷会社に実習に行くようになります。実習とは、企業に行き、実際の環境で仕事をすることで仕事の具体的なイメージをもつことと、スキルアップを目指すものです。

最初は週1回、半日の実習だったのですが、そこの社長であるMさんの希望もあり、あおの実習は週1日、2日、4日と延びていきました。このころからMさんは、ちょうど退職する予定の社員がいたこともあり、あおを雇用することを考えていたそうです。

このころ、あおは**「実習はおもしろいよー」**と前向きな発言が多くなり（相変わらずネガティブな発言も多かったのですが）、ボクとしても大変うれしかったのを覚えています。

ある日、Mさんがあおに**「名刺のデザインをやってみない？」**と声をかけてくれました。あおが就労移行支援事業所で画像処理ソフトの使い方を勉強していたと知って興味をもったからだそうです。

そして、あおが作った名刺のデザインが、想像以上にいいできばえだったので、「これは使える！」という決定打になったようで、あおに**「うちで働かないか」**と話をもちかけました（あおは**「ドッキリでないよね!?」**とか言ってましたが……）。

ただ、就労には主治医の就労許可が必要でして、その後も当面実習生として勤務を続け、数か月後に許可が出てからようやく正式に正社員となったのでした。

働き方は人それぞれに 19

と、いうわけで
あらためまして あおの会社の 社長のMさんに 聞いてみました
こんにちはー
早速ですが あおがどんな 仕事をしているか 知りたいんですが
あおさんの 仕事内容 ですか?
本当に いろいろやって くれていますよ
名刺の デザインから カット、検品
OK!
最近では 納品にも 行ってもらって います
いって きます
発達障害がある人は 一つの作業を 集中して行うのが よいと聞きますが…
へー

確かに そういう人も いるようですね
ただ それはみんな 毎日同じ作業を 繰り返したいという 意味ではないはず
それにうちのような 小さな会社は やはりある程度 なんでもやってもらう 必要があるんです
あおさんは できることが 多いですし
自分なりの工夫で さまざまな業務に 対応できていると 思いますよ
ええ
意外だ…!!
あおは 複数の作業を 並行してやるのは 苦手なはず…
わかんなく なった ーー
職場では 一体どんな 工夫を？
再び ご本人に 聞いてみました
ははん それはだね

仕事をね
1日1種類しかやらないんだよ
？・？・？
いま何と？
この日はデザインだけ
この日はカットだけ
…みたいにまとめるの
そうするとあんまり混乱しない
え…
でもそうすると完成品がなにもない日もあるんだよね？
あるね
それでいいんだ？
いいみたい
なるほどなぁ—
あおの工夫もさることながら
そんな働き方を許してくれているあおの職場とM社長にも感心しました

あおの勤務時間は午前10時から午後5時まで。会社の定時は午後7時までなので、ほかの社員と比べて2時間短い勤務です。

なぜ短時間勤務かというと、あおの発達障害の特性上、疲れやすいというのがあります。一つひとつの作業に相当な集中力が必要ですし、仕事のペース配分もうまくありません。休憩もうまく取れません。午後5時くらいには、どっと疲れてへとへとです。

実習期間からそんな感じだったのですが、あおの会社の社長であるMさんは、**「あおさんには短時間勤務でもいいから長く勤めてほしい」**と考えてくれていて、このような配慮を受けています。

では、なぜ発達障害があるあおを、短時間勤務でも雇用したのかと疑問を感じますが、Mさんは、

「あおさんはすごく真面目だし、作業を正確に素早くやってくれてますよ。確かに、変なミスをすることはあるけど、それは雇用者である私の仕事の割り振りの責任。そこは発達障害のあるなしに関係はないです。短時間勤務でもよいとしたのは、実習に来たあおさんを手放すのはもったいない人材だと思ったから」

と笑いながら話していました。

「うちのような中小企業は障害者雇用をする法的義務はないけど、いい人材を集めるのがなかなか大変なの。障害のあるなしに関係なく、しっかり仕事をしてもらえるなら大歓迎ですよ。あおさんはそういう人材でした」

では、あおの能力とは何だったのでしょうか。あおに質問してみました。

「キミが仕事で発揮できてる能力ってなんなんだろうね?」

「いや、わからんね。普通に仕事してるだけだと思ってるんだけどね。むしろ戦力になってるとか言われても実感がないなー。もっと頑張らないといけないと思ってる」

というので、再びMさんに聞いてみます。

「あおさんのすごいところは、カッティングマシンで紙を切る作業や検品を何時間も続けて黙々と取り組んでくれることですね。ほかの社員が忙しくて手が回らないとき、こういう作業をしっかり行ってくれるってすごく助かるんですね」

「あおに発達障害があるからゆえの能力ってことなんでしょうか? 過集中とか」

「私はそういう発達障害には詳しくはないの。でも、さっきも言ったように障害のあるなしにかかわらず、戦力は全部使わないと会社が回らないんですよ。あおさんがしっかり仕事をしてくれるという事実で十分」

これを聞いて、ボクはどちらかといえばあおを「発達障害」という軸で見ることが多く、「能力がある」という面からはあまり考えなかったのかなーと思いました。

「障害があろうがなかろうが、戦力として使えるなら使う」というのは、ボクの仕事の環境とはまた違い、いろいろ考えさせられました。

しかし、Mさんが、発達障害からくる問題を全く理解していないかというと、当然そういうわけではありません。

むしろ逆で、**「会社が障害者に合わせればよい」**と豪語しています。

Mさんの会社の社員は9人ですが、あおのほか二人が精神などの障害があります。うち一人は、あおが入社したときに精神障害をカミングアウトし、もう一人はあおのあとに採用されました。

「それぞれ違った個性があって、どの個性もウチでは重要。じゃ、みんなが働きやすいように会社のほうを変えていけばいいんじゃないのかしら」

具体的にはあおの時短勤務だったり、睡眠障害のある社員には「定時」をなくして出勤時間を自由にしたり、病気や疲労で体調を崩してもすぐにバックアップできるように仕事の共有を徹底したり、というシステムの改善を重ねているそうです。

これらの改善をしているうちに、障害がない社員も働きやすく、お互いを気づかえるよい雰囲気の職場に変わっていったといいます。

「最初、障害者の実習を受け入れてくれとお願いされたとき、『カッティングマシンを扱ってもらえればいいかな』と軽く考えていたんですよね。でも、実際に受け入れたら、障害とかそういうの関係なくなっちゃって。あおさんのおかげで会社が変わりましたね」

一連のMさんのお話をうかがって、あおに**「お前、すごいんだな」**と言うと、**「いや、普通でしょ?」**とすっとぼけた顔で答えやがるのです。

そんな調子で、今日もあおは仕事に励むのでした。

Column

支援者とともに苦手な面接を受ける

梅永雄二

　面接に関しては、あおさんは練習を積んでいても想定外のことを聞かれた際に、どう答えたらいいかわかりませんでした。

　一般に対人関係の指導にSST（ソーシャル・スキル・トレーニング）というものが使われることがありますが、自閉スペクトラム症の人たちの中には学校や支援機関でSSTの訓練を受けても、それらのスキルが現実場面では般化《はんか》・応用ができない人がいます。とりわけ就職面接などでの面接官は、入社希望者の人となりを知ろうと、いろいろな側面から質問をしてきます。

　よって、面接スキルを学習して面接に臨むのではなく、逆に面接官にうまく対応できないということを正直に説明したほうがいいでしょう。できれば一人で面接するのではなく、発達障害当事者のことをよく知っている支援者に付き添ってもらうことは決して恥ずかしいことではありません。

　面接時にスキルどおりの面接がたとえうまくいったとしても、対人関係が不得手な自閉スペクトラム症の人は、その後の職場での人間関係に支障をきたすことになるからです。

　支援者とともに就職のための「サポートブック」のようなものを作成し、対人関係でのやりとりはうまくできないことはあっても、このような仕事であればできますと肯定的に説明してもらうことも必要です。その際、音や人の動きなどの外部の刺激が苦手なので「このような職場配置であれば集中して仕事がしやすくなります」などの構造化された環境を希望してもいいと思います。

くらげとあお ある日の会話❷

くらげ：珍しくスマホでゲームしてんの？

あお：ああ、これ？　出てきた文字のフォントを当てるゲーム

くらげ：お前、フォントマニアだもんね

あお：マニアってほどではないよ、仕事で必要なだけで

くらげ：パソコンの中にフォントが100種類は入ってなかったか？
さっぱり違いがわかんないんだけど

あお：あんたが戦車の説明してもウチがわかんないのと一緒

くらげ：それはさておき、そのゲームやらして？

数分後

くらげ：だめだ！　全然分かんない！
レベル４を超えられない！

あお：え、おいらレベル19まで行ったよ。
職場でもトップだった！

くらげ：それ、発達障害と関係あるんかね？

あお：それはわかんないけど、なんかパッとできた。
気がついたら３時間たってたし！

くらげ：やっぱ、お前すごいわ

あお：えへへへへ

くらげ：半分ほめてないけどな！

くらげとあお

ある日の会話❸

くらげ：お前に作ってもらった名刺、すごく評判がいいんだよねー

あお：そうなの？　うれしいねぇ

くらげ：渡した人から見やすい名刺を作るねって言われたよ

あお：それね、ウチが見やすいように工夫して作ったんだよね、発達障害の人でも

くらげ：なるほど、具体的にどんな工夫をしたんだ？

あお：まず、フォントを選ぶのに苦労するよ！　人によってフォントのイメージを変えて、なおかつ見やすいのにするんだ

くらげ：すごいねー

あお：あとは配置も自分が一番見やすいように作ったよ

くらげ：発達障害の人に見やすいのは定型発達者にも見やすいってことだね

あお：そこまでは考えてないけどね

くらげ：やっぱすごいなお前

あお：えへへへへ

第4章
一緒に住んで変わった

引っ越し大作戦 20

なぜか自宅でくつろいで眠れないあお…
くらげさんの家で生活したら?
おお
M社長
環境を変えるのもいいかもと仕事先の社長に言われ…
どう思う?
ボクはいいけど…
あおの親は許してくれるのか…!?
高いハードルだな…
OKだって
意外と大丈夫でした
あ、そう
これで一番高いハードルは越えた
——と思っていたのですが

いつまでたっても
今日で何度目の
休日…
来ない——
どうしたの?
このときはLINEでやりとり
いやそれが…
何を持って行けばいいかわからなくて
なんですと!?
生活の見通しを立てるのが苦手なあおは…
これもいる
あれもいる?
「当座の生活に必要なモノ」を選ぶことができなかったのです——
そもそも部屋が散らかっている

必要なものって考えるとどれも必要かなって思うし…
いやそんなはずないって思うし…悩む――!!
まさかそんなところにもハードルがあるとは
ていうか、何を持って行ったらいいと思う?
うー
ムム
ただ部屋を片づけるのと違いあおにとって必要なものを選ぶなんてことはボクにもできません
そのときボクはあることを思い出しました
そうだ!
大きなバッグ持ってたでしょ旅行バッグ! あれに入るだけの物を持ってきなよ
え…?
それはさすがに少なくない?
これは「枠《わく》」です
2泊3日分くらいのバッグ

これくらいしか
持って行けないと思えば
今だけ必要なものに
絞れるだろう?
な
なるほど!!
今日これから
使うものを
優先して
入れればいい
のだね
ケータイ
メガネ入れ
タオル…
そう
そう
そして
入らないものは
今日はもう
置いて行く
タオルは
うちにも
あるよ
実家なんだから
必要になった物は
その都度取りに
来ればいい
こうして
やっとのことで
引っ越しできた
のでした

同棲をしようという話は何年も前から出ていたのですが、あおの就職事情やボクの経済事情などいろいろありまして、なかなか踏み切れずにいたのでした。

そんなボクとあおの背中を押したのは、あおの会社のM社長。

「くらげさんの家で生活したら?」

ある日、M社長があおにそう言いました。

なぜそのようなアドバイス（?）に至ったかというと、あおの調子があまりに悪い日々が続いていたので、ボクはM社長に、

「あお、最近めちゃくちゃ精神的にも肉体的にも限界っぽいんですよね」

と相談していました。

そのころ、あおはよく眠れない状態でした。しかし、ボクの家ではなぜか安心して眠れるようで、週末にはボクの家に来て、ずっと寝ている状態が続いていたのです。

そんな現状があって、**「一時的にでもボクのアパートで暮らしたい」**とM社長にこぼしていたんですね。

あおの調子が悪いのは会社でも見て取れたのか、M社長もあおのことを心配して、冒頭の発

言に至ったわけです。

本当にあおを心配してくれるM社長にはいつも本当に感謝しております。

さて、そのアドバイスもあって、**「とりあえず、今のボクのアパートに引っ越して、あとは少しずつ環境を整えていこう！」**という話になったのですが、ここでもいろいろドタバタがあったのは漫画のとおり。

まぁ、何はともあれ、付き合って6年で、ボクとあおは同棲生活を始めたのです。

同棲を始めてから出てくる出てくる、生活に足りないもの。というか、自分の生活がいかにだらしないものであったかというのが、明るみに出てきました。

腐りかけのような下着などが出てきたり、ベッドの下からは干からびたポテトチップスが大量に出てきたり、ジャケットにカビが生えていたりと……。

毎週ボクの家に泊まりに来ていたあおですが、**「さすがにこりゃひどいわ」**ということで、古くなった下着や服を全部捨て、**「買い直しに行くぞ！」**とボクを引っ張って近所のディスカウントショップに。

あおは思い立ったが吉日とばかりにボクを追い立てたわけですが、店に到着したらまだ開店時間前。

「時間全然見てなかったわー」と笑顔で言うのですが、ボクは、**「だからもう少し待てと言ったじゃないか！」**と頭を抱えながら抗議しました。

でも、あおは、**「ほら、後回しにすると忘れるじゃん」**と反撃。

テキトーにおしゃべりしながら時間をつぶし、開店時間と同時に店に突入。

そして、あおは、こういうときに意外と「買い込み」をします。自分の必要な物はよくわからないのに、**「アンタにはアレが足りない！　これが足りない！」**と猛烈な勢いでボクの持った買い物カゴにいろいろ突っ込んでいきます。

**「あの、あおさん……買い過ぎではないですか？　こんなに買っても家に入れるスペースが……。あと、持って帰れないですよ？」**

**「はっ!?　入れるスペースとか全然考えてなかったわ！」**

**「ですよねー!?」**

というわけで、買い物カゴからボクが必要な物を厳選し、なんとか持てる量に抑えて今回の買い物は終わりにしました。
あおは一度スイッチが入ると後先考えず動いてしまうところもあるので、そういう意味でも

ストッパーとしてボクが機能しなきゃなーと思うのです。

それを言ったら

「いや、アンタだって油断すると変なパソコンとか増えてるじゃん。こっちがストッパーにならんとダメなんだよね」

「……全部使ってますから……」

「同棲してから見てるけど、結局どれも中途半端にしか使ってないじゃん？」

「……はい」

というわけで、お互い、衝動的な行動が同棲後は減ってるわけなのでございました。

なお、睡眠時間は少しずつ安定してきています。

「眠るのってほんとうに難しいねー」とぼやいていますが、まぁ、これはこれから少しずつですね。

焦らない、焦らない。

どっちが安い？ 21

あお
今日は一人で
お買い物
仕事で
遅くなる
弁当でも
買っておいて
30%引
5割引
ただいまー
晩ごはん
買って来て
くれた？
OK!
5割引きと
30%引きって
シール貼って
あったから
30%引きのを
買ってきたよ!!
30%引
30%引
とくいそう
もしかして…
安いほうを
選んだと
思ってる？

5割引きのほうが安いよ？
元が同じくらいなら…
え…
しおしおしお〜
ああはとても数字に弱いところがあります
だってー
30のほうが5よりも大きい数じゃない？
いや、10％で1割だから！30％引きって3割引きだから!!
10％＝1割
30％＝3割
50％＝5割
逆に5割は50％!!
3割引きと5割引きなら
がが〜ん
5割のほうがおトク!?
だまされた！あのスーパー!!
だましてないです
まて〜
だっ

今日もあおが買い物に行っていました。ボクの帰りが仕事で遅くなりそうなので、あおに「弁当でも買っておいて」とお願いしていたのです。

それで、あおは近所のスーパーで弁当を買ってきたのですが、ボクが帰宅して開口一番、

「ねぇ、5割引きと30％引きってシール貼ってあったから、30％引きの買ってきたよ！」

と威張った顔でボクに報告してきました。

ボクは脱ぎかけた靴もそのままに、

「いや、5割引きのほうが安いよ……」

と言いながらシナシナになりましたよ！　塩をかけたナメクジみたいに！

「いや、だって、30のほうが5よりも数字大きいじゃない？」

と不思議そうな顔。ボクは説明します。

「いや、10％は1割だから！　30％引きって3割引きのことだから！」

「というと、5割引きのほうが安いの？」

「そうだよ！」

そうしたら、あおは血相を変えて**「しまった、だまされた！　返品してくる！」**と騒ぎ始めました。ボクは、プチパニックになったあおが、本気でスーパーに突撃しようとするのを必死

で止めました……。

さて、あおは数字にとても弱いのは前作にも書きましたが、特に単位をそろえることはとても苦手です。

5割引きと30％引きのどっちが安いのかがわからなくなったのも「数字」の大小はわかっても「単位の意味」の理解ができなかったためです。１０００円の商品の１００円引きと2割引きのどっちが安いかも説明したのですが、直感的にはいまだにわからないようです。

ですから、あおに数字を伝えるときは、わかりやすいように工夫する必要があるなと思った出来事でした。

数字といえば、あおが以前こんなことを言っていました。

「そういえば、アナログ時計あるじゃない」

「それがどうかしたか？」

「あれの読み方、いまだに混乱するんだよね。だからデジタル時計しか使えない」

調べてみると、発達障害のある方がアナログ時計を読めない例は、結構ある模様。

あおの場合は、例えば「長針が10にあるときに50分である」というルールをうまくのみ込めないのです。

「指している数値と実際の時間が違うってひどくない？」

「そういうルールだからね、しかたないよね」

「納得いかねー！　時計作った責任者出てこい！」

とかいうむちゃくちゃなことを言い出したりします。

「でもさー、デジタル時計でも時間を足すとき混乱するよね。10時50分の30分後って何時なのかすぐにはわかんないよ」

「なんで？」

「えーと、とにかくわからないの……」

「そのわからん理由がわからん……」

これをちょっと考えると、あおは「数字の繰り上がり」が10進法しか理解できていないのかな？　時計は12進法と60進法だからなーと考えました。あらためてそう考えてみると、時計の時刻を読むってかなり難しいことなのかもしれません。

そういえば、出勤はお互い8時なのですが、朝の支度時に**「今、7時45分だよ」**と言っても、あおは**「まだ時間あるじゃん？」**と言うのですが、**「残り15分だよ」**と言うと慌て始めるのも、同じ理屈なのでしょうね。

ですから、あおに時間を言うときは**「10分後に起こして」**と言うより**「7時10分になったら起こして」**と伝えたほうが確実なようです。

ところで、あおよ。

「1日が24時間じゃ足りないよ！　25時間にするべきだよ！」

という無茶を言うのはやめてください。

「1日25時間にしても、地球の自転する時間は変わらないよ」

と教えても、

「そんなの決めたのは誰なんだよ!?」

と逆ギレするのもやめてください。宇宙の法則が乱れる！

まぁ、そんなわけで、あおは本日も出勤間際にドタバタと支度しているのでした。

仕事を休むの怖い その1 22

数十分後……
もぞ
やっとのことで起きて来たあお…
フラ…
大丈夫?
体が…動かない…
顔色も真っ青です
おなか痛いし…
気持ち悪い…
つらい…
仕事休んだほうがいいんじゃない?
でも休んだら怒られるし…
そもそも仕事は休んじゃダメでしょ…
行かなきゃ
ヨロ
「仕事は休んじゃいけない」と思い込んでいるあおはこんなときとても頑固です

あ
くら～
くら～
でも立ち上がろうとしてはへたり込むあおを見て
今日は仕事行くの無理だ!
休もう!!
え…でも
大丈夫だから!!
仕事休んでも誰も怒らないから!!
少し強く言ってしまいました
本当に?
あおは納得できない様子
でも仕事休むの怖いよ…
自分の体と心を大切にしなさい!!
せめて病院には行かないとダメでしょ!!
正論
うぐ…

だけど病院行ったら遅刻するじゃん!!
遅刻しても怒られるんだよ!!
あおは叫ぶように言うと
あ
毛布をかぶって
もぞ
泣き出してしまいました
ううう。
しくしくしく

何度か書いていますが、あおは「(自分基準での)普通である」というところにすごくこだわります。というか、一度決めたらそれしかできない、というほうが正しいでしょうか。

この「こだわり」が、仕事などでよい方向に働くこともありますが、悪い方向に出ることもあります。その一つが、「どんなに体調が悪くても仕事を休むことができない」ということです。

このことに関しては、ボクもとても心配していて、何度も**「体調が悪いときは仕事を休んだり遅刻してもいいんだよ」**と言っていたのですが、**「仕事を休むと怒られてクビになるから」**と言って譲りません。

そんなあおですが、この前、ついに仕事を休むことができました。

その日も、ボクが朝食を作り終えてあおを起こそうとしたら、あおの体が震えています。何度か揺さぶってみたのですが、視線が完全にあらぬ方向に行っていました。

「あ、こりゃヤバイな」と直感したボクは、そのままあおを寝かせておき、一人で朝ごはんをモグモグ。こういうときは無理に話しかけず、静かに寝かせておくのが一番だというのは、これまでの付き合いで学んだことの一つです。

ボクが朝ごはんを食べ終えたころ、なんとかもぞもぞしながら起き上がってきたあお。顔色は真っ青で、上半身を起こすこともつらい様子です。

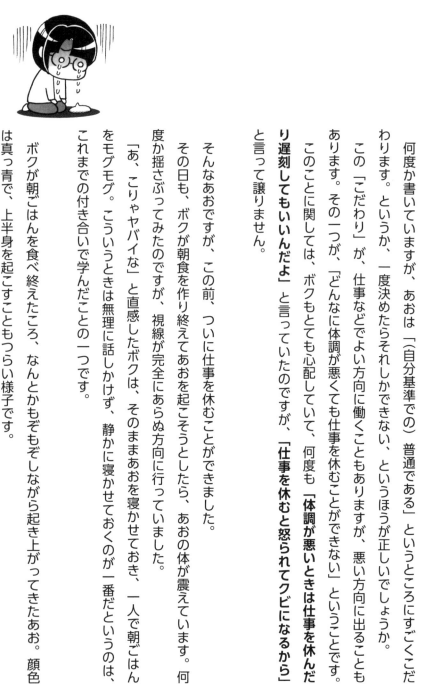

「……動けない……」

「どうした？　体調悪いの？」

「夜中の2時ごろに起きて、何度も吐いてたの。5時くらいになってやっと眠れたんだけど、おなかが痛いし、気持ち悪くてちょっとつらい……」

「それ、休んだほうがいいんじゃないかな……」

「でも、休んだら怒られるし、そもそも仕事は休んじゃいけないものだから……」

「でも、体起こすのも難しそうだし……。まず、立てる？」

あおはベッドから立とうとしますが、まっすぐ立てませんでした。すぐにベッドに座らせて、**「今日は仕事行くの無理だ、休め」**とちょっと強い口調で言いました。これで無理に仕事に行ったら、体調がさらに悪くなるでしょうし、精神的にも不安定になることを恐れたからです。

「大丈夫だから、仕事を休んでも、ボクも社長も怒らないから」

「本当に？　でも、仕事休むのものすごく怖い……」

「今のキミはとてもじゃないけど出勤できそうにないよ。せめて病院には行かないと」

「病院に行ったら、遅刻するじゃん！　遅刻してもクビになるんだよ!?」

あおはそう叫ぶように言って、毛布をかぶって泣き出してしまいました。どうしていいかわからず、混乱してしまったのでしょう。（つづく）

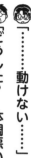

仕事を休むの怖い　その2　23

そうして一つひとつ指示をして連絡のメールを書かせ…
それから
下に…
時々かたまる↓
…
最後には……
送信…っ
自分で送信ボタンを押すことができました!
送った…
ぱたん
よくやった!!

その1分後……
多分仕事場からだ
メール開いて
「大丈夫？しっかり病院で見てもらってね休んでもいいよ」
だって
よかったな！
その瞬間
ん？
あおの体から一気に力が抜けたのがわかりました
ぷ
はー
ぷしゅーーっ

な、大丈夫 だったろ?
今日は 病院行って あとはしっかり 休んでな
なで
うん… わかった
ただ休むと 決めるだけ
ただメールを 入れるだけ ……
ありがと…
そんな 何でもないことが あおには とても 難しいときがあります
そういうときは ただ一緒に 手順を踏む というのも 手助けになる
と、思います
おっと ボクが 遅刻し ちゃう

毛布から顔を出したあおに、**「なぁ、スマホ持って」**と言ったところ、素直にスマホを持ち上げました。

その後、**「画面をタッチして」「メール作成画面開いて」「件名のところタップして」「件名には『休みます』」「本文には一文でいいから『体調悪くて病院行きます』って書いて」**と指示していきました。あおはうつむいたまま、一つひとつの動作をゆっくりこなしていきます。

「書いたけど、どうすればいいの？」

「送信ボタンをタップして、社長にメールを送って」

「……無理……」

「誰も怒らんから。勇気を出して、送信してみな」

あおはそのまま5分ほどウーとかうめきつつ、身じろぎもせずに画面を眺めています。ボクも特に声をかけずに、見守りました。そして、ついに意を決したのか、送信ボタンをタップしました。その瞬間、スマホをベッドに投げ捨て、毛布に顔からくるまりました。そんなあおに、ボクは**「よくやった」**と声をかけました。

その1分後、スマホにメール着信。社長からの返信です。あおは、恐る恐るメールを開きます。そこには、**「大丈夫？　しっかり病院で見てもらってね。休んでもいいよ」**の文が。

それを見た瞬間、緊張感ではちきれそうなあおから、一気に力が抜けていきました。

「社長、休んでいいって」

「だから、誰も怒らんと。今日は病院行って、しっかり休んでおけ」

「うん、わかった。でも、すごくメール送るとき怖かった」

「わかるよ。でも、ほんとうによくやった。頑張ったな」

と、ボクはあおの頭をなでました。

そして、そのあとはボクが遅刻しそうなので、ダッシュで職場に向かって、こっちがぶっ倒れそうになりましたよ！

なお、病院に行った結果、あおは胃腸炎と診断されました。

あおの「こだわり」、つまり、あお自身が「こうでなければならない」と強烈に刷り込んでいるので、**「休め！」**と命令しても、おそらくますます混乱して、休むことすらままならなくなったと思います。それはあおの苦しみを深くするだけです。

ですから、「怖い」という気持ちはそのままに、一つひとつ細かく指示して、メールを送信させました。その結果、**「休んでもいいよ」**という反応を引き出すことで、あおにとっても「怖くないことだ」という逆刷り込み（?）的なことをできたから休めたのかな、と思います。

できること、できないこと 24

だんだん
忙しいのと
面倒くさいのとで
徐々に
コンビニ弁当と
牛丼とラーメンの
ローテーションに
おべんとう
牛丼
ラーメン
黄金の三角形だね
そして
みるみる
増えていく
体重…
おぉ…
自炊派には
見えないよ
コレは
うむ、しかし
あおと一緒に
暮らすにあたり
これではいかんと
再び料理に
チャレンジ!!
試行錯誤
しつつ
ここまでに
なりました!!
――というのも

あおは料理が全くといっていいほど
できないからなのです
ワタシ作るヒト
ハイ
ワタシ
片づけるヒト
試しに一度肉じゃがを作ってもらったのですが
おお…
じゃっじゃっ
ジャーーン!
見事謎の物体ができあがりました
アレ?
食べられなくはないが肉じゃがでもない…
ちゃんとレシピ見て作ったのになー

よく聞いてみると
肉と野菜を炒めて…
次は水を入れる…
ジャッ
ジャッ
というタイミングで電話が鳴って
RRRRRR
ああ！電話に出たからその手順をすっ飛ばしたんだ？
やったつもりで
いいや
電話には出なかった
そこは用心して
電話には出なかったが、音で気が散ってしまい…
水を入れる
ポワ
ポワ
ポワ
手順を忘れてしまったよう
なんかぬけたっ
あおの記憶にはまだまだ謎が多いのでした
――にしても水を入れるのを忘れるかぁ？
ナベの中見ればわかるよね？
フシギだねー

「しかし、びっくりした」あおがなんかまた言い出しました。

「何にびっくりしたんだ？」

「いや、アンタの飯がうまいことにだよ！　最初、ミリメシ（戦闘糧食）とか毎日食わされるのかと思ってたよ！」

「なんか、すげぇむごいこと言われた気がする！」

ボクは一応料理ができます。18歳のときからの一人暮らしで結構自炊はしていました。

「しかし、自分はご飯作れないからなぁ……。すごいなぁ……」

「いや、お前には洗い物とかやってもらえるからな。結構助かってるよ」

「そうかなぁ、それしかできないんだよね」

そう、今の共同生活では、ボクがご飯、あおが洗い物担当です。

あおはほとんど料理ができません。試しにと、肉じゃがを作ってもらったのですが、見事、謎の物体ができあがりました。

「ちゃんとレシピを読んだはずなんだけどなぁ」

「レシピを見たら、ちゃんとだし汁入れろって書いてあるしな」

「なんかねー。そのときちょうど別なこと考えてたみたいで、手順忘れちゃったみたい」

「あれか、お前の頭はキーボードのショートカットか！　ウィンドウズかなんかか！」

「そんなに高性能でないわ！」

発達障害の人は家事が難しいとよく聞きます。あおの場合は、料理と掃除が苦手です。掃除の場合は「どこまできれいにしていいかわからない」という現象が起こります。

「だってさ、きれいにしろって言われても、十分きれいじゃんと思うとできないよね」

「きれいさの基準の低さについては人のことは言えんが、どのくらいが汚いんだ？」

「アンタのきれいさの基準は自分でも引くほどヤバイから！　だいたいたっぷり落ちてる髪の毛とかはNGだよね。そろそろ毛髪のケアに気をつかったら？」

「やめて、マジやめて」

「あと、どのくらいきれいなら怒られないかとかがわからないと、怖いんだよね」

「となると、掃除してきれいにしたと思ったら、ボクに『きれいになった？』と確認すればいいんじゃね？」

「それだ！」

というわけで、あおが掃除をするときは、ボクも近くで別の掃除をしたりして、あおが「**これでどう？**」と確認できたら、「**きれいになってるー**」とか「**もう少しホコリとか拭いておいて**」と具体的に指示出しをするようにしました。こうするとスムーズに掃除が進みます。たぶん、今のボクの部屋は、一人で住んでいたときの100倍はきれいです。

そのほか、あおは掃除機がかけられません。これは手順がわからないというのではなく、聴覚過敏で掃除機の音が耳に突き刺さるのです。ですので、掃除は、基本的に掃くか拭くになるのですが、どうしても掃除機を使うときは、あおに買い物を頼んだりして外出してもらいます。

掃除が苦手といっても、いろいろ特性によって事情が違いますので、一人ひとり原因を探ってみるのがとても大事だと日々感じています。

さて、料理ですが、現状ではあおはできないため、ほとんどボクが作っています。

ただ、食器などの洗い物は、お願いしてます（あおの体調や状態によりますが）。ボクが料理をしている傍ら、出た洗い物をあおに渡して、それを洗ってもらう、という流れです。

ボクは洗い物が嫌いです。苦手ではなくて、「嫌い」です。あおも洗い物は苦手なようですが、それでもボクよりよほどちゃんと洗います。なので、これだと手早く料理ができますし、食器もきれいになるという素晴らしさ！　2週間前の皿がシンクに放置してあったころに比べたら天と地の差です！

ただ、あおの場合、洗い物にも困難はあって、「洗った物をどこに入れたらよいのかわからない」ということがあります。水切りバットに入れるのですが、すでにある食器を取り出し、食器棚など別なところに置いて、洗い終わった物を入れる、という作業はできません。

対策として、あおに洗い物を頼む前に、水切りバットの中の物はすべて取り出して片づけてしまいます。そして、あおは洗った物を水切りバットに入るものは入れ、どこに置くかわからない物はいったんシンクの上に置いておき、あとでボクが水切りバットの中を整理して置き直す、という方法で乗り切っています。あおは、**「なんでそんなパズルみたいなことできるの？」**とか言ってますが……。

このようなやり方は、一方的にボクに負担がかかることなく、あおもまた「何もできない」という劣等感を軽減しつつできる方法かなぁと思っています。できないから全く家事をやらせない、というのもまた違いますし、かといって、できないことを無理にやらせてもあおのストレスがひどくなる一方です。

ですから、お互いの得意不得意を見極めて家事を行うことが大事なのかなーと最近は考えています。これは役割分担ともまた違って、同じ役割をさらに「できること・できないこと」に細かく分けて「二人三脚」で取り組む、ということです。

「できない」は「一部ができない」、「できる」とは「一部はできる」、ということでしかありません。ですから、「できる」「できない」という単純な二元論ではなく、お互いに何で貢献できるか分析して、それをどうかみ合わせるかだと思います。

Column

できないことは代替えの手段で対応

梅永雄二

この章ではまたもや感覚過敏のシーンが出てきました。掃除機の音が耐えられない、ある一定の音やにおい、温度などに過敏に反応する人は自閉スペクトラム症の人の中には数多くいます。私の講演会を聞きに来られていたアスペルガー症候群の女性が、講演前のマイクのテスト中に起こったハウリングの音に耐えられず何と気絶をしてしまったことがありました。このように、ＡＳＤの人の中には感覚、とりわけ音の刺激に敏感な人が多いようです。

また、デジタル時計とアナログ時計に関しては、以前、私が出演したテレビ番組で次のようなシーンがありました。成人し就職したアスペルガー症候群の女性が、あおさんと同じようにデジタルは理解できるがアナログがわからないとおっしゃっていたので、「アナログがわからないのならデジタルでいいのではないですか？」と尋ねたところ、その女性のお母さんが、「世の中にはアナログ時計も多いのだから、デジタルが読めた次はアナログ時計を読めるようにならなければなりません」と答えられました。

これは、できないことをできるように指導するといった考え方ですが、できないことは代替手段で保障する。これが「合理的な配慮」の視点であり、「構造化による支援」といわれるものなのです。

あおさんの場合、デジタルが読めるのであればそれで十分です。どんどん自分に合った構造化のアイディアを駆使して、生きやすい環境をつくってほしいものです。

くらげとあお ある日の会話④

あお
はよ寝なさいよ。もう11時だよ

くらげ
もうそんな時間ですか……。
原稿終わってないよ……

あお
それはあんたのスケジュール管理がヘタなんだよ

くらげ
お前にそれを言われたくないわ！　それにしても、
お前と一緒に生活してから生活リズム整ったよ

あお
前は本当にひどかったからね。
３日徹夜でゲームして、仕事でフラフラだったとかね

くらげ
それは、うん、その…
スケジュール管理というわけじゃないけど、
お前がいることで時間を意識するようにはなったね

あお
そりゃ何よりだね！（威張る）

くらげ
ヘタな時間にヘタなことしようとすると泣くから。
日常のリズムが崩れるって

あお
泣くの？　覚えてないなぁ……

くらげ
覚えててください！

発達障害の人が生きやすい社会はみんなも生きやすい

梅永雄二

現在、わが国には身体障害、知的障害、精神障害のある人たちがそれぞれ身体障害者手帳、療育手帳、精神障害者保健福祉手帳によって、障害者として認定されています。厚生労働省の調査では、身体障害者が423・0万人、知的障害者が126・8万人、精神障害者が614・8万人の合計1164・6万人がわが国の障害者といわれており、この数字は人口の約9・3％に該当します。一方、文部科学省の2022年の調査では、通常の公立小・中学校に在籍する発達障害があると思われる児童生徒の割合は8・8％となっています。精神障害者の中には、障害者総合支援法の改正により発達障害者も精神障害者保険福祉手帳を取得できるようになったため、多くの発達障害者も含まれています。

まず、身体障害の人の支援を考えてみましょう。脊髄損傷により車いすになった人たちに対しては、移動の困難性が視覚的に分かりやすいので、エレベーターやスロープの必要性は誰にでも理解できるでしょう。視覚障害者の点字ブロックや駅の改札などでの点字表記、聴覚障害者の字幕スーパーなども素晴らしい配慮だと考えます。しかしながら、発達障害者への支援が十分になされているとはいえない現状です。それは、発達障害は見てすぐにわかる障害ではないし、高学歴の人も多く、世間の理解が進んでいないからだと考えます。

くらげさんは、恋人であるあおさんと付き合う中で、最初はあおさんの行動にとまどいを感じられたものの、徐々にあおさんの「感覚刺激の過敏性」や「空間認知の理解困難」などの特性を理解されてきました。

このように、発達障害の人の特性を知ることにより、その関わり方が理解できるようになってきます。また、一般に障害者と定型発達者のように二分する人もいますが、定型発達者がすべて同じではないように、障害のある人たちもそれぞれ異なります。くらげさんは、発達障害の特性理解ももちろんのこと、あおさんという一人の女性についても理解しようと努力されました。支援の前提には理解が必要です。また、障害特性を理解することによって支援の仕方もおのずとわかってきます。

コミュニケーションがうまくとれず、人と関わることに困難さがあるのがＡＳＤの人たちです。しかしながら、人とのコミュニケーションは音声による言葉だけではありません。言葉よりもメールでのコミュニケーションのほうがとりやすいのであれば、それはそれでいいのではないでしょうか。また、学校教育では、基本的に集団参加が強要されますが、大人になると集団活動はそこまで多くはありません。よって、一人で過ごすといった行動も尊重したいところです。計算が難しい場合は電卓を使用してもかまわないし、買い物では電子マネーも使えます。今後はスマホやタブレットなどのＩＴ機器はとても素晴らしい支援機器になるものと考えます。

私の知り合いでアスペルガー症候群の診断を受けた人が、次のようなことを主張しています。「定型発達の人が液体とすると自閉スペクトラム症の人は固形です。丸い固形を四角い容器に強引に入れようとすると壊れてしまいます。よって、器を変えてほしい。なければ新しい器を作ってほしい」と。まさしく構造化、合理的配慮の考え方です。支援者は発達障害の人の得意なところ、好きなところを発見し、すべてできなくてもいいのです。彼らが生活しやすい、生きやすい環境づくりをともに考えていくべきです。そのような社会はきっと発達障害の人たちだけではなく、すべての人たちが生きやすい社会になるのではないでしょうか。

おわりに

特になんということもなく続く日常

前作発売後、ご家族や当事者だけでなく初めて発達障害を知ったという方などからさまざまなご意見・ご感想をいただきました。特にうれしかったのは、単純に「おもしろい!」との評価でした。

前著は「発達障害を知らない人にも発達障害について知ってほしい」という願いがありました。そのためには、やはり「おもしろく楽しい発達障害の本」というのを作ろう!と、ない知恵を振り絞り切りましたので、狙いどおりの反応があちこちから寄せられたときにはなんともうれしかったです。

さて、前作は「付き合う」というところから、今回は「二人で暮らす」ということをメインテーマに執筆してみました。

自分以外の人間と暮らすというのは、それが家族であっても、時には大変なものです。ましてや、あおにもボクにも障害があり、さまざまな問題が毎日のように降りかかってきます。時には、もう疲れて「同棲しなきゃよかった……」と後悔することもあります。

でも、その後悔が芽生えるのは「障害があるから」なのでしょうか? 障害がなかったら、ボクらはもっと楽しく付き合えていたのでしょうか。よく「障害があってもなくても関係ない」という言葉を見聞きします。ボクはその言葉に釈然としない気持ちを抱きます。

ボクとあおは「障害」のあることでひどく苦しい出来事に度々みまわれました。しかし、障害のあることで、普段はできないさまざまな経験や知見を得たのも否定できません。また、「障害があったからこそ」ボクとあおは出会うことになったのです。

「障害があってもなくても」ではないのです。障害があったからこそ、この人生があった。だから、「障害があってもなくても」というのは、うなずけるものではないのです。

ボクもあおも、障害者である前に一人の人間です。人間が関わる場には必ず問題が発生します。そして、障害のあることで、その問題を「障害」に押し付けることは、「障害」という言葉に罪をたっぷりなすりつけてしまう言い方だとボクは思うのです。

もちろん、「障害」がなければ発生しない問題もあるでしょう。あおもボクもお互いに面倒に思うことはあります。でも、「障害があるやつと一緒に暮らすもんじゃない」と互いに障害を責めることで、何か前向きなことが生まれるか？　その答えはノーです。

　苦労はするけど、それでなお、あおと一緒に住む喜びはいっそう深くなります。踏み付けられた麦が強くなるように、ボクらも日々強くなっていける。そういう希望をもっています。

　ボクには夢があります。いつか本当に、あおに「障害があったけど、そこそこいい人生だね」と笑ってもらうことです。そのためには、ボク自身が「障害があったからこそ面白い人生を歩んでいる」と胸を張って言えるようになりたいのです。

　だから、ボクとあおは今日もバタバタしつつも、「普通の日常」を歩んでいくのです。

　では、最後に一言。

「これからもよろしくね、あお」

２０１５年７月　くらげ

【改訂版あとがき】

「僕の彼女は発達障害 ドタバタ同棲生活編」はいかがだったでしょうか。

　この本は「明るい発達障害の本」というコンセプトで作り上げたものです。苦しい現実は容赦なくやってきますが、それでもそこから「面白さ」に注目して描くように努力しました。

　その結果、さまざまな方々から「希望が持てた」とか、「肩肘張らずに発達障害者の理解に結びついた」という感想をいただき、大変でしたが書いて良かったと心底思っています。

　さて、現在のあおとボクですが２０１７年11月に結婚して、相変わらずいろいろと大変なことが毎日のように起きています。ただ、この９年間で更にいろいろな経験を重ね、ほとんど動じないくらいになっているかな、というくらいに成長しました。

　この数年間で発達障害者を取り巻く環境は大きく変わりました。しかし同時に、発達障害に対する無理解で苦しんでいる人の姿も可視化されてきました。この本はあおという人間の本ですが、少しでも発達障害者へ理解に貢献できればこれ以上に嬉しいことはありません。

２０２４年９月　くらげ

ボクの彼女は発達障害
ドタバタ同棲生活編

2024年9月24日　第1刷発行

著　　者　くらげ
漫　　画　寺島ヒロ
監　　修　梅永雄二

発 行 人　土屋　徹
編 集 人　滝口勝弘
企画編集　相原昌隆

デザイン　江副和弘

校正校閲　中野明子
販売担当　遠藤勇也　師岡大三
製作担当　吉安俊英
改訂版編集担当　鹿内誠也

発 行 所　株式会社 Gakken
〒141-8416　東京都品川区西五反田 2-11-8
印 刷 所　TOPPAN 株式会社

この本に関する各種お問い合わせ先
●本の内容については、下記サイトのお問い合わせフォームよりお願いします。
https://www.corp-gakken.co.jp/contact/
●在庫については　Tel 03-6431-1250（販売部）
●不良品（落丁、乱丁）については　Tel 0570-000577
学研業務センター 〒354-0045 埼玉県入間郡三芳町上富 279-1
●上記以外のお問い合わせは　Tel 0570-056-710（学研グループ総合案内）

学研グループの書籍・雑誌についての新刊情報・詳細情報は、下記をご覧ください。
学研出版サイト　https://hon.gakken.jp/

※ 本書は2015年7月発行の「ボクの彼女は発達障害2 一緒に暮らして毎日バタバタしてます！」（学研教育出版）を改題した改訂版です。改訂にあたり、医学用語の修正等を行いました。出版当時の状況を説明するため、一部当時の表記のママにしております。